余华

著

我只要写作，
就是回家

山东文艺出版社

目 录

CHAPTER *01*

扫码听全书音频

CHAPTER *02*

我只要写作，就是回家

CHAPTER

01

不管我写什么故事

里面所有的人物和所有的场景

都不由自主地属于故乡

我只要写作，就是回家

关于写作

杨绍斌： 你通常是怎么构思一篇小说的？

余　华： 我写作的开始五花八门，有主题先行，也有的时候是某一个细节、一段对话或者某一个意象打动了我，促使我坐到了写字桌前。

杨绍斌： 《活着》这部小说里福贵这个形象有来源吗？

余　华： 福贵最早来到我脑子里时是这样的，一个老人，在中午的阳光下犁田，他的脸上布满了皱纹，皱纹里嵌满了泥土。

杨绍斌： 许三观呢？

余　华： 他最早的形象是在冬天的时候穿着一件棉袄，纽扣都掉光了，腰上系着一根草绳，一个口袋里塞了一只碗，另一个口袋里放了一包盐。但是，这是我开始写作时的形象，构思的时候还不是这样。

杨绍斌： 那又是怎么样的？

余　华： 关于《活着》，我最早是想写一个人和他生命的关系，这样的关系在很长时间里都让我着迷，这有点主题先行，可是我一直不知道这篇小说应该怎么写。有一天早上醒来时，我对陈虹说，我知道怎样写这篇小说了，因为我想出了题目，叫《活着》。陈虹说这个题目非常好。就是因为有了这个标题，才有了这部小说。有时候一个标题也会让你写出一部小说。1980 年代的时候，文学界批判过主题先行的写作方式，其实完全没有道理，写作什么方式都可以，条条大路都通罗马。至于《许三观卖血记》，最早是这样的，大概是在 1990 年，我和陈虹在王府井的大街上，突然看到一个上了年纪的男人泪流满面地从对面走了过来。我们当时惊呆了，王府井是什么地方？那么一个热闹的场所，突然有一个人旁若无人、泪流满面地走来。这情景给我们的印象非常深刻。到了 1995 年，有一天中午，陈虹又想起了这件事，我们就聊了起来，猜测是什么使他如此悲哀？而且是旁若无人地悲哀！这和你一个人躲到卫生间去哭是完全不一样的。

杨绍斌： 所以后来在小说里，许三观在大街上哭。

余　华：　这已经是最后一章了。那天，我们两个人不断猜测使那位老人悲哀的原因，一直没有结果。又过了几天，我对陈虹说起我小时候，我们家不远处的医院供血室，有血头，有卖血的人。我说起这些事时，陈虹突然提醒我，王府井哭泣的那位老人会不会是卖血卖不出去了？他一辈子卖血为生，如果不能卖了，那可怎么办？我想，对，这小说有了。于是我就坐下来写，就这么写了八个月。

杨绍斌：　许三观后来就卖不了血。

余　华：　当时我认为小说最后的高潮，就是他卖不了血，所以他就在大街上旁若无人地哭，因为这意味着他失去了养活自己的能力，他的悲哀是绝望以后的悲哀。这对年轻人来说没什么，可是对一个老人就完全不一样了。我曾经准备在这最后的一章里重重地去写，准备将自己吃奶的力气都写光，将这一章充分渲染。可是当我写完第二十八章，也就是结尾前的一章后，我才知道叙述高潮其实是在这一章，就是许三观一路卖血去上海的那一章，于是最后一章我用轻的方式完成了。根据我写作和阅读的经验，两个很重的章节并排在一起，只会互相抵消叙述的力量。

杨绍斌：　这么说来，你在动手写作时，对笔下的人物已经胸中有数了？

余　华：　还是没数，其实我根本不知道接下来他会干什么，最多只能先给他一些设计，而且有些还用不上。

杨绍斌： 你现在还拟提纲吗？

余　华： 我在旧信封上做笔记。开始时我怕自己忘了，就随
手拿起一个旧信封记上，一个记满了，再用第二个，
为了风格的统一，我接下去仍然用旧的信封。像《活
着》和《许三观卖血记》，我都写满了一堆旧信封。
现在我开始用新的信封，而且必须是国际航空的那
一种，上面没有邮政编码的红框，显得更干净。这
已经成为我的写作习惯。当我写一部长篇小说的时
候，我只要知道开头一万多字怎么写就行了，后面
肯定会出来。要是一万字写完了，后面还不出来，
那就不应该写了。这和我早期的写作已经很不一样
了。我以前小说里的人物，都是我叙述中的符号，
那时候我认为人物不应该有自己的声音，他们只要
传达叙述者的声音就行了，叙述者就像是全知的上
帝。但是到了《在细雨中呼喊》，我开始意识到人
物有自己的声音，我应该尊重他们自己的声音，而
且他们的声音远比叙述者的声音丰富。因此，我写《活
着》和《许三观卖血记》的过程，其实就是对人物
不断理解的过程，当我感到理解得差不多了，我的
小说也该结束了。我想起来，1987 年在黄山的时候，
有一天傍晚我和林斤澜一起散步，他告诉我有一次
他和汪曾祺一起去看望沈从文先生，他问沈先生小

说应该怎么写，沈先生只回答了一个字：贴。就是说贴着人物写。这个字说得好！可是当时我没有很深的感受，现在我才发现的确如此，贴——其实就是源源不断地去理解自己笔下的人物，就像去理解一位越来越亲密的朋友那样，因为生活远比我们想象的要丰富，就是我自己也要比我所认为的要丰富得多。

杨绍斌： 你对小说的开头一句敏感吗？

余　华： 非常敏感。第一句要是写不好，下面的话就白写了。小说的第一句话，就好比一个人刚从子宫里出来，要是脑袋挤扁了，这个人就不会聪明。

杨绍斌： 你喜欢在白天还是晚上写作？

余　华： 不分白天晚上，我只要吃饱了和睡足了，任何时候都能写作。

杨绍斌： 你写得慢吗？

余　华： 我现在比以前快多了。我现在真正写作的时间不多，一旦写起来，就很快。我觉得写作也是一门手艺，熟练之后工作就会变得轻松起来；可是另一方面，压力也加重了，我现在已经写了一百多万字了，这对我来说是个包袱，我应该如何去面对我过去的作品？有时候这是很困难的。

杨绍斌： 有些作家总是越写越困难。

余　华：　所有的作家都应该是越写越困难，当我拥有二百多
　　　　　万字的作品时，我想我会更困难。我庆幸人不能活
　　　　　得更长久，要不这作家没法当了。如果我能够活
　　　　　五百年，那么六十岁以后我肯定不当作家了。

杨绍斌：　你在写作中会碰到哪些具体的困难？

余　华：　可以说非常多。有很多都是细部的问题，这是小说
　　　　　家必须去考虑的，虽然诗人可以对此不屑一顾，然
　　　　　而小说家却无法回避。所以我经常说，小说家就像
　　　　　是一个村长，什么事都要去管。

杨绍斌：　他得充分顾及细节的清晰和真实。

余　华：　是的，比如说福贵这个人物，他是一个只读过几年
　　　　　私塾的农民，而且他的一生都是以农民的身份来完
　　　　　成的，让这样一个人来讲述自己，必须用最朴素的
　　　　　语言去写，必须时刻将叙述限制起来，所有的语词
　　　　　和句式都为他而生，因此我连成语都很少使用，只
　　　　　有那些连孩子们都愿意使用的成语，我才敢小心翼
　　　　　翼地去使用。

杨绍斌：　它对你的限制很大。

余　华：　是的，但是这并不意味着这样的写作就放弃了叙述
　　　　　上的追求，相反，这时候的叙述更需要作家下功夫。
　　　　　比如小说中有这么一段，就是有庆死后，福贵瞒着
　　　　　家珍将有庆埋在一棵树下，然后他哭着站起来，他
　　　　　看到那条通向城里的小路，有庆生前每天都在这条

小路上奔跑着去学校，这时福贵再次去看这条月光下的小路。我感到必须写福贵对小路的感受，如果不写，作为一个作家是不负责任的，可是如何去写？我记得自己曾经在《世事如烟》里有过这样的描述，说月光下的道路像河流一样，闪烁着苍白的光芒。如果这时候用这样的句子来描述一个失去了儿子的父亲，显然是太不负责任了。为了找到一个合适的意象，我费了很长时间，最后我终于找到了一个很好的意象——盐，我这样写道：那条通向城里的小路在月光下像是撒满了盐。对于一个农民来说，盐是很熟悉的；另一方面，又符合他当时的心情，就像往他伤口上撒了盐一样。

杨绍斌：　是的，我读到这一段时很感动。

余　华：　有时候写作中碰到的困难，其实是一个非常简单的问题，可是会阴差阳错地要了作家的命，甚至会让作家感到自卑，感到自己再也写不下去了，吃不下饭也睡不着觉，可是后来他会突然发现那其实是一个很小的问题，随手一写就解决了。就像是抱着孩子到处找孩子，戴着眼镜到处找眼镜，就是这样的困难，会让作家写作的过程越拉越长。

杨绍斌：　具体说呢？

余　华：　我一下子想不起来具体的例子，但它确实是我写作时随时都要遇到的困难。可以这么说，什么是叙述？

它在确立前其实就是一堆杂乱无章的困难，写作的过程就是不断地和它们相遇的过程，不断地去克服它们的过程，最后你才会发现一个完整的叙述成立了。我在写《许三观卖血记》时，碰到这样一个难题，那就是如何让许玉兰给许三观生下三个儿子。在其他方式的叙述里，这一章可以不写；可是在这部作品中，我觉得必须写。虽然这部作品是跳跃的，而且十分简洁，可是它在叙述上对人物每一段经历都是无微不至的关怀。后来，我找到了一个很好的办法，让许玉兰骂起来。这是第四章，整个一章，都是许玉兰躺在医院的产台上骂许三观。生第一个儿子时，许玉兰骂得仇恨无比；第二个骂到一半时，孩子出生了；第三个才骂了两声，孩子就出来了。不是有个说法嘛，女人在生孩子时是很恨男人的。许玉兰在产台上骂了三次，叙述里的时间一下子过去了很多年。其实这样的方式我在《我没有自己的名字》里就已经使用过了，我让来发将父亲三十多年间对他说的话在一个句子里完成。一个一百多字的句子一下子将三十年的时间打发走了，这是我写作最得意的时候。人的记忆就是这样，我父亲在三十年间对我说的不同的话，我可以在一分钟里集中起来。

杨绍斌：　你修改吗？

余　华：　我是一个热爱修改的作家，我觉得修改是一种享受，而且修改的过程是我对自己内省的过程，对我以后的写作都会有帮助。

杨绍斌： 你是否跟别人谈论你正在写的小说？

余　华： 以前经常谈，现在不谈了。以前我的写作方式决定了我可以和别人谈，因为在写之前我已经知道的很多；现在我写之前知道的不多了，所以我不谈了。

杨绍斌： 你对自己的小说语言有些什么要求？

余　华： 我对语言只有一个要求：准确。一个优秀的作家应该无休止地剥削自己的才能，让语言发挥出最大的能量。鲁迅就是这样的作家，他的语言像核能一样，体积很小，可是能量无穷。作家的语言千万不要成为一堆煤，即便堆得像山一样，能量仍然有限。

杨绍斌： 你离开海盐去北京也有十多年了，脱离家乡的语境和生活，这种迁移本身以及由此而来的一系列变化，对你的写作有什么样的影响？

余　华： 影响是多方面的，不过决定我今后生活道路和写作方向的主要因素，在海盐的时候已经完成了，应该说是在我童年和少年时已经完成了。接下去我所做的不过是些重温而已，当然是不断重新发现意义上的重温。我现在对给予我成长的故乡有着越来越强烈的感受，不管我写什么故事，里面所有的人物和所有的场景都不由自主地属于故乡。

杨绍斌： 你认为你的写作和家乡存在着一种什么样的联系？

余　华：　我只要写作，就是回家。当我不写作的时候，我才
　　　　　想到自己是在北京生活。

关于阅读

杨绍斌：　你喜欢哪些作家？

余　华：　我喜欢的作家太多了。

杨绍斌：　最早的时候你喜欢川端康成？

余　华：　是的。1980 年，我在宁波的时候，在一个十多个人
　　　　　住的屋子里，在一个靠近窗口的上铺，我第一次读
　　　　　到了他的作品，是《伊豆的歌女》，我吓了一跳。
　　　　　那时候中国文学正是伤痕文学的黄金时期，我发现
　　　　　写受伤的小说还有另外一种表达，我觉得比伤痕文
　　　　　学那种控诉更有力量。后来，有五六年的时间，我
　　　　　一直迷恋川端康成，那时候出版的所有他的书，我
　　　　　都有。但长期迷恋一位作家，对一个写作的年轻人
　　　　　来说，肯定是有害的。接下来是卡夫卡，我最早在《世
　　　　　界文学》上读过他的《变形记》，印象深刻，过了
　　　　　两年，我买到了一本《卡夫卡小说选》，重新阅读
　　　　　他的作品，这一次时机成熟了，卡夫卡终于让我震
　　　　　撼了。我当时印象很深的是《乡村医生》里的那匹马，

我心想卡夫卡写作真是自由自在，他想让那匹马存在，马就出现；他想让马消失，马就没有了。他根本不做任何铺垫。我突然发现写小说可以这么自由，于是我就和川端康成再见了，我心想我终于可以摆脱他了。

杨绍斌： 大概就是在那个时期，你写出了《十八岁出门远行》。

余　华： 是的，我写出了《十八岁出门远行》，当时我很兴奋，发现写出了一篇让自己都感到意外的小说，不过我还是没有把握，刚好我要去北京，去参加《北京文学》的笔会，就将小说拿给李陀看，李陀看完后非常喜欢，他告诉我，说我已经走到中国当代文学的最前列了。李陀的这句话我一辈子都忘不了，就是他这句话，使我后来越写胆子越大。

杨绍斌： 就是说卡夫卡成了你创造力的第一个发掘者。

余　华： 可以这么说。不过我现在回头去看，川端康成对我的帮助仍然是至关重要的。在川端康成做我导师的五六年时间里，我学会了如何去表现细部，而且是用一种感受的方式去表现。感受，这非常重要，这样的方式会使细部异常丰厚。川端康成是一个非常细腻的作家。就像是练书法先练正楷一样，那五六年的时间我打下了一个坚实的写作基础，就是对细部的关注。现在不管我小说的节奏有多快，我都不会忘了细部。所以，卡夫卡对我来说是思想的解放，而川端康成教会了我写作的基本方法。在喜欢川端康成的那几年里，我还喜欢普鲁斯特，还有英国女作家曼斯菲尔德，等等，那时候我喜欢的作家都是细腻和温和的。卡夫卡之后，我开始喜欢叙述和情感都很强烈的作家。现在随着年龄的增长，我发现我喜欢的作家越来越多了，而且已经没有风格上的局限了。

杨绍斌：　你说说看，还有哪些作家？

余　华：　比如说鲁迅。鲁迅是我至今为止阅读中最大的遗憾，我觉得，如果我更早几年读鲁迅的话，我的写作可能会是另外一种状态。我读鲁迅读得太晚了，虽然我在小学和中学时就读过。

杨绍斌：　因为原先几乎是一种被动接受。

余　华：　其实鲁迅是不属于孩子们的。我惊讶地发现，我小时候背诵过的《孔乙己》《从百草园到三味书屋》等作品，我前年重读时，就像是第一次阅读，读完了才有些似曾相识的感觉。可见那时候我其实是没有阅读鲁迅，或者说只是旅游而已，现在我的阅读是在鲁迅的作品里定居了。重读鲁迅完全是一个偶然，大概两三年前，我的一位朋友想拍鲁迅作品的电视剧，他请我策划，我心想改编鲁迅还不容易，然后我才发现我的书架上竟然没有一本鲁迅的书，我就去买了人民文学出版社的《鲁迅小说集》，我首先读的就是《狂人日记》，我吓了一跳，读完《孔乙己》后我就给那位朋友打电话，我说你不能改编，鲁迅是伟大的作家，伟大的作家不应该被改编成电视剧。我认为我读鲁迅读得太晚了，因为那时候我的创作已经很难回头，但是他仍然会对我今后的生活、阅读和写作产生影响，我觉得他时刻都会在情感和思想上支持我。

鲁迅可以说是我读到过的作家中叙述最简洁的一位，可是他的作品却是异常丰厚，我觉得可能来自两方面，一方面鲁迅在叙述的时候从来不会放过那些关键之处，也就是说对细部的敏感。要知道，细部不是靠堆积来显示自己的，而是在一些关键的时候，又在一些关键的位置上恰如其分地出现，这时候你会感到某一个细部突然从整个叙述里明亮了起来，然后是照亮了全部的叙述。鲁迅就是这么奇妙，他所有精彩的细部都像是信手拈来，他就是在给《呐喊》写自序时，写到他的朋友金心异来看望他，在如此简洁的笔调里，鲁迅也没忘了写金心异进屋后脱下长衫的一笔。看上去是闲笔，其实是闲笔不闲。用闲笔不闲来说鲁迅的作品实在是太合适了。在《孔乙己》里面，当写到孔乙己最后一次来酒店时，他的腿已经断了。如果孔乙己腿没有断，可以不写他是如何来的，可是他的腿断了，就必须要写，这是一位优秀作家的责任感。鲁迅先是让他的声音从柜台下飘上来，然后让小伙计端着酒从柜台绕过去，看到孔乙己从破衣服里摸出了四文大钱，这时候叙述就看到了他满手的泥，鲁迅这样写：原来他便用这手走来的。鲁迅的交代干净有力。鲁迅作品有力的另一个方面，我想应该是鲁迅的宽广，像他的《从百草园到三味书屋》，他在写百草园时的叙述是那么明媚、欢乐和充满童年的调皮，然后进入了三味书屋，环境变得阴森起来，孩子似乎被控制了，可是鲁迅仍然写出了童年的乐趣，只是这样的乐趣是在被压迫中不断渗透出来，就像石头下面的青草依然充满了生长的欲望一样。这就是鲁迅的宽广，他没有将三味书屋和百草园对立起来，因为鲁迅要写的不是百草园，也不是三味书屋，而是童年，真正的童年是任何力量都无法改变的。这就是一个伟大的作家。

我想起来当年海明威的《老人与海》发表时，美国很多批评家都认为老人象征什么，大海又象征什么。海明威很生气，他认为老人就是老人，大海就是大海，只有鲨鱼有象征，他说鲨鱼象征批评家。然后他给自己信任的一位朋友贝瑞逊写信，希望他出来说几句话，贝瑞逊的回信是我读到的对象征最好的诠释。贝瑞逊说老人确实就是老人，大海也就是大海，他们不象征什么，但是，贝瑞逊最后说，一部伟大的作品又是无处不洋溢着象征。

一个真正的老人，一个真正的大海会拥有多少象征？只有这样的形象才是无处不洋溢着象征。鲁迅在《从百草园到三味书屋》里，写出的就是真正的童年，无处不洋溢着象征的童年。我一直很喜欢艾萨克·辛格的哥哥对他说的那句话：看法总是要陈旧过时的，只有事实不会陈旧过时。

杨绍斌：　普鲁斯特对你的影响体现在哪些方面？

余　华：　普鲁斯特总是能够绵延不绝地去感受，他这方面的天赋其实远远长于《追忆似水年华》的长度。他的感受是那样独特，同时又是那样亲切，让人身临其境。他就是在自恋的时候也是非常可爱，当他写到晚上靠在枕头上睡觉时，就像是睡在自己童年的脸上，娇嫩清新。

杨绍斌：　你的第一部长篇小说《在细雨中呼喊》，我觉得在风格上的细腻与《追忆似水年华》有某种联系。

余　华：　我希望有。乔伊斯我也很喜欢，因为我找到了阅读《尤利西斯》的最好办法，那就是随手翻着去阅读，你会发现这个伟大的作家对细部的刻画可以说是无与伦比，当他写一个人从马车里出来时，门出了问题，就有了三个动作，先是用手推一下，然后用胳膊肘去撞，最后是用脚将车门踢开了。

杨绍斌： 另外还有哪些作家？

余　华： 进入1990年代以后，我最迷恋的作家是但丁和蒙田。蒙田随笔中对人与事物的理解是那样地温和，同时又那样地充满力量，那种深入人心的力量。所有的法语作家里，我最热爱蒙田；所有的意大利语作家里，我最热爱但丁；西班牙语应该是塞万提斯；德语可能是歌德；俄语当然是托尔斯泰；至于英语世界里，我还找不出一个我最热爱的作家，莎士比亚有这样的可能，如果他作品中的毛病少一些的话。我对他们的热爱毫无功利之心，不像刚开始写作时那样想学到点什么。刚开始写作时，卡夫卡、川端康成这样的作家很大程度就像是在我身上投资，然后我马上就能出产品，他们就像是一个跨国公司。而现在对但丁和蒙田，我是怀着赤诚之心去阅读。

杨绍斌： 布尔加科夫呢？

余　华： 布尔加科夫是这样的，读到以后大吃一惊。然后我才感到对苏联文学的了解是多么不容易，这是一个不断深入的过程。最早我们知道的是奥斯特洛夫斯基，或者是法捷耶夫……

杨绍斌： 后来是《静静的顿河》。

余　华： 肖洛霍夫，那是一位伟大的作家，这一点无可非议。然后突然发现还有索尔仁尼琴、帕斯捷尔纳克。我原以为苏联文学到这两位已经见底了，想不到还有一位伟大的作家——布尔加科夫。

杨绍斌： 像深渊一样。

余　华： 真像是进入了深渊。布尔加科夫是一位非常了不起的作家，我非常喜欢他，尤其是他的《大师和玛格丽特》，读这部作品时，我发现有些辉煌章节的叙述都是布尔加科夫失控后完成的，或者说是他干脆放任自流。这给我带来了一点启示，那就是一个作家在写作的时候，不要剥夺自己得来不易的自由。

杨绍斌： 再谈谈加西亚·马尔克斯吧。

余　华： 我是1983年开始读他的小说的，就是《百年孤独》。那时候我还没有具备去承受他打击的感受力，也许由于他的故事太庞大了，我的手伸过去却什么都没有抓到。显然，那时候我还没有达到可以被加西亚·马尔克斯的作品震撼的那种程度。你要被他震撼，首先你必须具备一定的反应，我当时好像还不具备这样的反应。只觉得这位作家奇妙无比，而且也确实喜欢他。

　　其实拉美文学里第一个将我震撼的作家是胡安·鲁尔福。我记得最早读他的作品是他的《佩德罗·巴拉莫》，那是在海盐，虹桥新村二十六号楼上三室，你不是来过吗？

　　我当时读的是人民文学版，题目是《人鬼之间》，很薄的一本，写得像诗一样流畅，我完全被震撼了。

那是一个寒冷的冬天，我当时已经写作了，还没有发表作品，正在饱尝退稿的悲哀，我读到了胡安·鲁尔福，我在那个伤心的夜晚失眠了。然后我又读了他的短篇小说集《平原上的火焰》，我至今记得他写到一群被打败的土匪跑到了一个山坡上，天快要黑了。土匪的头子伸出手去清点那些残兵们，鲁尔福使用了这样的比喻，说他像是在清点口袋里的钱币。

杨绍斌： 最后一个问题，假如可能的话，在你阅读过的文学作品中，你愿意成为哪一部作品的作者？

余　华： 我愿意成为《圣经》的作者。但是给我一万年的时间，我也写不出来。

1998 年 10 月 22 日

火焰的秘密心脏

童年是人的一生的基础

洪治纲： 为了完善《余华评传》中的一些具体资料，最近，我到海盐和嘉兴去做了一些采访。听你的父母和一些早年的朋友说，你在读中学时就已经喜欢写作了，而且还写得不错，常常得到老师的表扬。你能否谈谈当时的一些具体情况？

余　华： 其实，在小学的时候，我就觉得我的作文写得不错，但是呢，那时候的语文老师，不知道是出于什么原因，就是不喜欢我的作文。一个学期写四五篇作文，每次都给我一个"良"，从来不给我"优"。可是呢，老师在课堂上要举例子，说谁的文章哪段写得好的时候，他举的总是我的例子，这让我感到很奇怪。

洪治纲： 那时候，你对作文是不是很有兴趣？

余　华： 兴趣倒也谈不上。反正我一学期写四五篇作文都是"良"，所以我也没有太在意。但是，到了初中马上不一样了。读初一的时候，我的语文老师叫韩晖，是个女老师，也是我们的副班主任。那时候一个学期也是写四五篇作文，结果每篇都被韩老师作为范文，在课堂上读给同学们听，告诉他们写作文应该要像我这样写。应该说她是第一个对我的作文有比较公正态度的人。她挺喜欢我，我记得她曾跟我父母说过，这个孩子怎么怎么好，让我比较得意。到了初二，语文老师叫陈宁安，他对我的作文也比较赞赏。进了高中以后，当时高中不就两年嘛，语文老师是何成穆。他使我一生中第一次"当官"了——让我做语文课代表。现在回想起来，好像也是我迄今为止做得比较大的"官"了。当时，有部电影叫《春苗》，我们就成立了一个"春苗小组"，由我发起的，专门出黑板报。那时候我们太无聊了，又不愿意上课，对写大字报已经没有什么太大的兴趣了，所以主要是出黑板报。我们"春苗小组"，其实就是写一些所谓的批判文章，从《人民日报》《浙江日报》上抄一些文章而已。

洪治纲： 好像还编过什么报纸之类的吧？

余　华： 对。当时有学工、学农和学军，像高中生学军，有时一出去就是五六天，学军期间要出《学军快报》。我印象很深的是，有次我们去溆浦学军，当时何成穆老师还是我们的年级组组长，他很喜欢我，我的写作也小有名气，他就封我为《学军快报》负责人，然后让我招一个助手，我就招了当时我最好的一个朋友，叫姬汉民，然后又招了一个会用蜡版刻字的，叫朱学范，我们三个人占着一个小房间。每天，主要是我和姬汉民两个人写稿，当然我们也让其他一些同学们帮着写稿，然后我们修改一下，在《学军快报》上发表。朱学范负责刻字，用油印机印刷，每天一张。因为自己的文章太多，我当时还用了一个笔名，叫毕献文，这也是我到现在为止唯一一次用过的笔名。

洪治纲：　有一个奇怪的现象是，很多作家对自己的童年生活都有着一种不自觉的依恋。像马尔克斯、福克纳、卡夫卡、胡安·鲁尔福等等，可以说，童年记忆对他们的创作都产生了极深的影响。这种影响，无论是自觉还是不自觉，都会在他们的作品中表现出来。即使是他们后来并不在故乡而是在其他地方生活和写作，这种童年记忆好像也始终没有被抛弃。尤其是他们幼年时代生活过的那种地域文化风情，那种民间的语言和形象，都可以在他们的作品中找到影子，好像这是无法改变的。从你的作品中，我也能感觉到那种柔软而又潮湿的江南小城的味道。我不知道，这种东西对于一个作家来说，是一种自觉的选择，还是一种非自觉的选择？

余　华：　这个，两者都有，自觉和不自觉的。我觉得，童年生活对一个人来说是一个根本性的选择，没有第二或第三种选择的可能。因为一个人的童年，给你带来了一种什么样的东西，是一个人和这个世界一生的关系的基础。我们从母亲的子宫里出来以后，面对这个世界，慢慢地看到了天空，看到了房子，看到了树，看到了各种各样我们的同类，然后别人会告诉我们这是天空，这是房子……这就是最早来到一个人的内心中并构成那个世界的图画。今后你可能会对这个世界有不同的认识，但是你的基础是不会改变的；你对人和社会可能会有更进一步的理解，但你对人的最起码的看法是不会改变的。所以，我认为这是一种最根本的连接，谁也没法改变。当一个作家的童年和少年时期在一个地方成长，假如说他不是总在变动，譬如西方的某些外交官的子女，中国"文革"期间的很多军人子女，会不断地变换地域，但这毕竟是少数，对大多数像我这样的作家，跟福克纳有些相似。我比福克纳更进了一步，我三十岁以后到北京来定居，福克纳一辈子都在密西西比。因为喜欢福克纳，我还曾特地到密西西比住了三天。那地方真是很小。以前我一直感到费解，福克纳作为一个作家是伟大的，但作为一个人，在我的印象中，他一直是个爱吹牛皮的，他怎么会谦虚，说自己只是写了像邮票一样大的地方，结果我去了之后，发现那地方比邮票还小，他还是在吹牛。

洪治纲： 你的意思是说，一个作家很重要的基础，就是人与世界关系形成的最初阶段，而这，往往是在他的童年和少年时代？

余　华： 我们对世界最初的认识都是来自童年，而我们今后对世界的感受，对世界的想象力，无非是像电脑中的软件升级一样，其基础是不会变的。我们不断地去升级，但每一次升级都会受到它的基础的限制，不会脱离那个基础。你一旦脱离基础，那就不是升级了，可能产生出另外的产品了，那就跟原来的电脑和软件都无关了。作家和童年的关系，就是这样。

洪治纲： 对于这种童年生活中的东西，我们小的时候，并不是带着有意识的理解去体会其中的文化特质。我们也不知道，自己将来会不会成为一个作家，并且我们小的时候，一般的生存空间都是很小的，很贫乏的，相对来说，也没有多少很奇特的东西。但是，一旦到了成熟的时候，开始写作的时候，它们为什么就有一种很强的控制力量，让你常常不自觉地进入当初的那种情境当中？无论是人物的命运啊，故事情节啊，总会很自然地进入到这个情境里，这里面是否存在着一种艺术家内在的生命向力，使你很自然地陷入其中，无法超越那种童年记忆的制约？

余　华：　不仅仅是艺术家，我认为每个人都会这样。假如要从事写作的话，他肯定要写到人物，写到街道，写到河流，写到房屋的结构，写到睡在床上的感觉，写到他游泳的感觉。这个时候，他肯定要到他的生活中、他的记忆中、他的感受中去寻找一种把握，使他能够在写这些东西时有胆量把它写下来，否则他就不敢写。所以写作，我觉得与其他行业有所不同的是，可能他写的命运，他写的故事，是他自己没有经历的，但是组成这些故事的命运、组成整个故事情节的发展的那些细部，都应该是他知道的，否则他就不会写出特别的感受，就是瞎编而已。

洪治纲：　你强调的是不是一种记忆？一个作家为什么自觉不自觉地去留恋他童年时代的生存环境，实际上是一个作家在写作过程中，会很自然很习惯地运用他以前的那种记忆，是不是？

余　华：　记忆太重要了。

洪治纲：　比如说你现在在北京生活已经十年了。但是到现在为止，我还没有读到过你正儿八经地写北京文化的小说，类似于王朔那种典型的、带着北京文化语境的作品。应该说，从经验的层面上来说，你也有了。

十来年下来，北京人的说话方式、生活方式，以及那种市民的生活气息，你应该也比较熟悉了。但是，同样是一种生活经验，经验与记忆之间，相对来说，你觉得是记忆重要，还是经验重要？或者说，哪个更重要？

余　华：　这两者之间的关系，有时很难区分。

洪治纲：　我们就从地域文化这个角度上来说吧，因为经验是可以不断地获得的。

余　华：　经验虽然可以不断获得，可是经验也有一个基础。就是说，二十年前的东西可以成为记忆，但现在的东西同样可以成为记忆。但是，二十年前的记忆，它们能成为一种基础，而现在的记忆可能只是作为一种延伸而已。我也一样。我童年的经验对我来说是一种基础，我昨天的经验只是一种延伸。我觉得，它们之间的关系，永远是一种唇齿相依的关系。因为过去的经验或者说过去的记忆，假如没有今天的经验或记忆，或者确切地说，没有以后的经验或记忆去重新把它们寻找出来，那么过去的经验或记忆只是在沉睡，是永远没有意义的。我通过后来的经验和记忆，把它们重新找回来了，显然就有了新的意义，但是它的这个基础是不会变的。

洪治纲：　就是说，童年的记忆只是一个基础，它并不是原封不动的。

余　华：　无论是童年记忆也好，或者说经验也好，都是敞开的。它们永远是有待于去完成的，而不是封闭的。可以说，从我二十岁一直到四十岁，这二十年的经验或记忆，都是在完成我童年的、最初的对世界的印象，我是在不断地丰富它和补充它，我并不是要改变它，我也不可能改变它。

洪治纲：　你觉得你是有意识地去这样做，还是本身就无法超越？

余　华：　我觉得所有人都没有办法超越。无论是政治家、科学家、艺术家，还是作家，都是无法超越的，甚至是一个普通的人，他都无法超越。事实上，我感觉到，一个人的童年基本上是抓住了一个人的一生。他的一生都跟着它的童年走。他后来的所有一切都只是为了补充童年，或者说是补充他的生命。因为他的生命诞生以后，不可能再有第二次诞生，除非克隆，现在的技术不一样了。

洪治纲：　我想，当你自觉或不自觉地表现你童年中有关海盐的南方记忆时，你觉得那里面是否有一种自然的灵感？

余　华：　那肯定有。我感觉最美的不是我现在的海盐，而是留在我童年记忆中的海盐。随着我的年龄越老，我越觉得它美。但是，那是已经消失了的海盐，现在已经看不到了。

洪治纲： 这种美，如果从你的内心来体验，你觉得它应该有
哪些不同于其他地方的特质？

余　华： 有一种陌生感。跟其他的地方相比，我觉得比较困
难。比如说跟北京比、跟巴黎比、跟纽约比，这种
比较是很困难的。因为它们本身就是不一样的。但
是，我感到有一种陌生感，这种陌生感是我后来发
现的。1996 年的时候，中央电视台的"东方之子"
做过我的一个专题，那时候，刚好是全国作代会召
开，他们要找六个作家，每人搞两集。他们做得很
认真，专门有一个摄影师，到海盐去拍了一些外景，
我没有去，他自己一个人扛着机器去的，从北京飞
到海盐去拍。他拍了我们海盐唯一一条还没有拆的
街，叫南塘街。但是这个系列专题播放的时候，作
代会开到一半，播了前面三个作家，播到第三个陈
村时，作代会的很多老作家就抗议：他们为什么不
拍老作家？结果东方时空就停播了后面三个专题。
以后他们播的时候，我又没有看到这个片子。后来，
东方时空又做了一个特别节目，他们从二十多个行
业中挑了二十多个人来谈"我的梦想"。这次我很
认真地看了。编导告诉我，这个专题中用了以前节
目里南塘街的镜头。南塘街是我非常熟悉的一条街，
我有很多同学就住在那里，我经常去玩，结果我这
次从电视里看到的南塘街，跟我记忆中的已经完全

不一样了。所以，我发现我的记忆已经不可靠了。事实上，包括我离开海盐之前，我青年时、童年时对南塘街的记忆，经过这十年、二十年，不断地被修改了。所以，童年不是一成不变的，童年的记忆是不断在发展变化的。看了电视里的南塘街，我当时就跟我陈虹说，怎么不是我的南塘街啊，完全不一样，后来我相信电视是对的，因为它是用摄像机，从头到尾拍过去，又从各种角度拍过来，播放了大概有一分钟的时间，就是为了播放我过去的生活环境。所以，我认为，人在成年以后，新的经验其实是在不断修改他的童年记忆。

洪治纲： 很多作家在表现这种童年记忆或者地域文化时，比如福克纳、马尔克斯，他们会使用一些具有很强地方特色的故事，或者方言俚语，或者典故传说……但是在你的作品里，这类东西好像并不多。至少，方言我是比较敏感的，但我看到的方言俚语也很少。在处理童年经验，或者说处理地域文化时，尤其是在选择语言表达时，你是不是觉得对童年记忆的处理必须有所保留？

余　华： 应该说，我的家乡海盐是属于语言霸权之外的，甚至杭州话都要比海盐话牛，比海盐话让人更加自豪。当然北京话更牛，因为它是中国的官方语言。我在美国曾访问过福克纳研究专家，他们就说福克纳写的很多书，美国的北方人不少地方看不懂，福克纳用方言是用得很多。我不敢用，我怕读者看不懂。如果我用我们海盐的方言写作，它会出现一个什么问题？可能连杭州人都看不懂，方言的发音会让一堆错别字拼凑在一起。福克纳是密西西比人，福克纳写的方言，田纳西人还能看得懂。我们浙江的方言太多太复杂，温州人说话，我们嘉兴这边的人一点也听不懂。

洪治纲：　这说明，我们的地域文化交流圈太小了。

余　华：　在我们海盐，我从武原镇出去走三四公里，有的地方话就不一样了，甚至连"吃饭"之类的词都不一样了。所以，我们的语言有点像美国印第安人的语言。现在的印第安人有二十多个部落，每个部落的语言都不一样。

洪治纲：　他们本身就不能形成一种统一的文化。

余　华：　他们首先在语言上不能统一的话，他们也就无法强大。所以，为什么语言分得越细的国家，往往容易被人欺负，因为他们本身的那种生活习惯，从根本上就造成了不统一。

洪治纲：　我觉得，在你的小说里，南方的文化气息非常浓厚。特别是你写的那些小人物，非常切合那种生活环境。像反复出现的潮湿啊，雨水啊，河流啊……整个就是一种水乡的环境。如果没有这种水乡，我觉得你的小说会损失很多美学上的成分。你自己有没有意识到，这种地域文化对你的小说内容和主题都做了很重要的补充？

余　华：　肯定是这样的。对我来说，我的作品里所有的场景，我认为都是发生在我的地域里面，我无法想象它们会到另外一个地方去。哪怕是发生在另外地方的故事，我知道了以后，也会搬到我自己的故乡去，就像住在家里一样。这种情形，就像你到街上买了一样东西以后，你不可能把它放在车站里，而不拿回家，这是一种不可抗拒的心理反应。除此之外，不可能有第二个选择。其实，很多作家都是这样，比如说鲁迅，他写的就是绍兴，绍兴的味道多重啊。

洪治纲：　这种来自童年记忆的地域文化是脱离不了的。

余　华：　脱离不了，没法脱离。像鲁迅，哪怕他写酒楼的那种感觉，就是绍兴的酒楼，绝对不是杭州的酒楼。

洪治纲：　这是一种很奇怪的现象，为什么一个作家的童年记忆对他的影响这么大？可能和你讲的那样，这种童年记忆，是他们最初建立起来的人与世界的一种关系、一个基础吧。

余　华：　最起码的是，我们穿衣服的方法是童年学会的，我们吃饭的方法，我们说话的方法，这都是童年形成的。它们一起构成了我们生活的基础。当然，有意识地关注自己的童年记忆，这种情况肯定也是存在的。

就是说，在你的意识当中，你肯定是主动的，就像买了东西要主动地拿回家一样，这是一种自然的反应，甚至是不可抗拒的。

阅读对我的写作有着重要的影响

洪治纲： 除了自身的经历之外，我觉得，像你，或者说像你们这一代作家，都受过很多外国作家的影响。特别是 1995 年之后，你几乎放弃了小说写作，专门写了很多谈外国作家作品、谈音乐的随笔，我不知道，当时你是不是有意识地进行这方面的知识储备？

余　华： 《许三观卖血记》写完之后，我又开始写一个长篇。但怎么写都不顺，后来就搁下来了。那时候是 1996 年，刚好汪晖去《读书》当主编。他约我为《读书》写点读书方面的文章，我就给他写了一篇《布尔加科夫与〈大师和玛格丽特〉》。当时汪晖特别喜欢，将这篇文章发了头条。后来这期杂志出来了，得到了一片赞扬声。结果我又陆陆续续给他写随笔了。我发现人在任何时间都需要鼓励的，鼓励很重要。那时候我还没有完全想写随笔，但是这么一鼓励，我就高兴地去写随笔了。

洪治纲： 后来几年都专写随笔。

余　华： 对。这些随笔后来结成了两本集子，《内心之死》和《高潮》。

洪治纲： 这是不是说，阅读在你的创作中占有很重要的成分？你的很多叙事的经验，很多对人性的看法，都是来源于阅读？我发现，你所读到的很多作品，特别是在你的随笔里所谈到的一些作家作品，常常游离于公众比较关注的作家作品之外，不知道你是如何去发现这些作家作品的？

余　华： 苏童对我的评价说是我记忆力好。其实我的记忆并不好。他说，我写的文章里面有很多东西他都读过，可他当初感觉很好，后来就忘了。我说我要是不写随笔，我也想不起来了，博尔赫斯的那个比喻，可以说是读到现在为止所有文学作品里面我最喜爱的比喻之一，写达米安死的时候，写他在荒原上消失的时候，"仿佛水消失在水中"，还有什么比这个更干净的消失呢？博尔赫斯的作品我非常喜欢，他语言简洁，所以我特意写了一篇随笔叫《博尔赫斯的现实》。

洪治纲： 从这篇随笔中，我发现你对博尔赫斯的作品好像读得很透。

余　华： 他的东西，能看到的我基本上都读过。我看到有一篇文章，是编辑他英语诗歌集的乔瓦尼写的，其中说博尔赫斯喜欢不断地修改自己过去的旧诗作，他的所有修改都是不断地去除语言中的巴洛克的装饰性，表现出他对平常词汇的更多关心，这是非常重要的。博尔赫斯有这样一种本领，让我很羡慕。

洪治纲： 博尔赫斯一般人都知道，但是，像布尔加科夫，你是怎么发现的呢？

余　华： 布尔加科夫是格非向我推荐的，当时我也跟你一样，从来不知道有这么一个作家，格非告诉我，人民文学出版社出过他的一本小说。后来我从人民文学出版社一个编辑刘海虹那里找到了他的《大师和玛格丽特》，读完以后，我感触太深了，第一次发现社会主义国家里出现了一位文学大师。

洪治纲： 后来作家出版社一共出了五本他的作品，而且就是你的那篇谈《大师和玛格丽特》的随笔在《读书》发表之后，在这之前，很多人都不太知道布尔加科夫。

余　华： 这个作家确实不得了。

洪治纲： 读你的随笔，我发现你对很多作品的阐释，跟一般人的体会完全不一样。你往往能够从一些不经意的地方，发现一些我们通常阅读上难以发现的奇妙内涵，包括一些独到的体会和感受，这是不是跟你作为一个专业作家的阅读方式有很大关系？

余　华： 故事人人都会编，都可以编出一个离奇的故事。但是，同样一个吸引人的故事，换一个人去写就不一定吸引人，问题在哪儿呢？问题就在于那些不经意的地方，他没有捕捉到，他不是一个好作家。在我们认为不经意的地方，他往往能够显示出他的伟大来。比如尤瑟纳尔有一部小说，她写人头被砍下来以后，头掉在地上，结果那个人头又安到脖子上来了，这是一个奇妙的小说，尤瑟纳尔作为一个好作家，她与差作家的区别在哪里？就像鲁迅写孔乙己来的时候，他要是腿不断，就不用写他走来，他腿断了，鲁迅就必须写，那么怎么写，他就用这种方式写——原来是用那双手走来的。尤瑟纳尔也一样，她写那个人的头被砍下之后，流了血之后，又安上去，这个人重新回来的时候，脖子上围了一块奇怪的红色围巾，这个象征着鲜血，这一笔，这个增加上去的道具，表达了文学中的他异性，这是非常了不起的。基耶斯洛夫斯基的电影《十诫》中的《杀诫》，也是这样。有一个小伙子，十六七岁，想杀人，他就是想杀人，但他不知道该杀谁，最后他杀了一个出租车司机。你知道他怎么上出租车的？在波兰华沙的大街上，有那么多的出租车，他怎么就挑中这一辆呢？我们都知道，在通常情况下，我们上了出租车，马上面临一个逻辑性的问题，出租车司机会问你去哪儿，你怎么回答？我要是逛街，我会说你给我开车兜一圈，我要是想去一个地方，我就告诉他去哪一条路，可是我要杀人，我怎么回答？这个大导演是怎么安排的？他让那个小伙子上车之前，碰到两个外地人来问他一个地名，他说不知道，其实他知道。然后他把他们推开，坐进车里，当那个大胖子司机问他去哪儿，他脱口而出的是刚才那两个人问他的地名！这种转折，就是在这种地方，你看起来好像不是关键的地方，其实十分关键！

洪治纲： 这种地方看起来不经意，其实决定了整个小说的情节转向。就是说，它包含了一种逻辑转折问题。

余　华： 对。就像我在《山鲁佐德的故事》里说的一样，这种不起眼的地方，其实决定了今后的高潮是否扎实有力。所以，我在那篇随笔的最后引用了贺拉斯的一句诗，就是说，对于一部文学作品来说，高潮部分很可能就是阿拉伯堆满珠宝的皇宫，而那个小小的、不经意的东西，就是丽西尼的一根头发。但是，对那些真正识货的人来说，那些珠宝肯定抵不上丽西尼的一根头发。它们就是这样一种关系。

洪治纲： 这就是说，你在阅读的时候，往往注重的是那些不经意、不起眼的地方，你是从那些不经意的地方来判断大师的艺术水准？

余　华： 为什么呢？这好比我们建立了一个故事大厦，那个故事大厦是怎么建立的？应该是用砖砌起来的。你用的是什么砖？你用什么方法去砌？有很多人砌得歪歪斜斜的。可以说，百分之九十九点九九九……的作家，都是这样的，而只有百分之零点零零零……很多零之后的一，才是不一样的。所以你读那些伟大的作品，经常在那些小地方被它深深地震撼了，就是有这种感觉。那才是大师。

洪治纲： 实际上，你在看人和人的命运的时候，在处理人的生命状态的时候，或者说在确立叙事哲学的时候，其中很大的一个成分就是来自这种精细的阅读，对吧？

余　华： 有阅读。有一次，我跟苏童两个人在台北，《中国时报》编辑杨哲拉我们到一个很大的礁石上的茶座里聊天，深更半夜了，我们又都没有睡好，困得不得了，然后我们就谈自己喜爱的作品。我发现我跟苏童所喜爱的作品在许多地方不一样，苏童就说了一句：余华喜爱的是很强烈的东西。我发现苏童说的是对的，我确实喜欢比较强烈的东西，而苏童是喜欢比较平静的，喜欢那种比较宁静的作品。我喜欢的作家，像卡夫卡、陀思妥耶夫斯基，包括福克纳，都是很强烈的作家，而苏童喜爱雷蒙德·卡佛，说实话我对这个作家不是那么喜欢。

洪治纲： 你有一本随笔集是专门谈音乐的，而且谈得非常准确，有很多自己的独特体验。并且，你也公开地说，音乐影响了你的写作。这种影响，主要表现在哪些方面？

余　华：　我觉得音乐在叙述上能给人许多的帮助。写《许三
　　　　　观卖血记》的时候，我就亲身经历了这种感受。我
　　　　　是1993年真正地迷恋上古典音乐的，我的全面的文
　　　　　学底子给我打了良好的基础，因为艺术是相通的，
　　　　　所以我欣赏音乐的时候，我可以非常快地进入，而
　　　　　且没有丝毫的障碍。那个时候，对我产生很大的影
　　　　　响的，是巴赫的音乐。

洪治纲：　这在《许三观卖血记》中体现得比较明显，尤其是
　　　　　整个叙述节奏的不断往返和重复，起伏和回落，都
　　　　　非常单纯。

余　华：　我非常喜欢这样。巴赫是这样一个作曲家，他是那
　　　　　个时代最世俗的一个作曲家，可是到了后来人的眼
　　　　　里他却是最神圣的。巴赫就是这样的。我尤其喜欢
　　　　　他的两部作品，一部是《平均律》，音乐上的术语
　　　　　叫钢琴奏鸣曲；另一个就是他的《马太受难曲》，《马
　　　　　太受难曲》是一部大作品。两部作品的风格都是一
　　　　　样的，极其单纯，也极其有力。《马太受难曲》我
　　　　　听的那个版本有将近三个小时，大概里面的旋律也
　　　　　只有一首歌多一点，不到两首歌，翻来覆去，独唱，
　　　　　对唱，合唱，男声的合唱，女声的合唱，男女声的
　　　　　合唱，通过这种交换，你会发现充满了力量。这时
　　　　　你就会感觉到，单纯是非常有力的，它能够用最快

的速度进入人的内心。所以我为什么非常喜欢鲁迅，我就喜欢鲁迅作品中的速度，他的速度不仅存在于叙述中，叙述非常地快，迅速，同时也存在于阅读中，你能够一下子就进入了，感到就像是一把匕首插进来，没有任何多余的东西，什么磨磨刀啊，晃一晃啊，吓唬吓唬啊，说一些废话，没那么多，直接就进来了。

洪治纲：　这就是说，在音乐里面，你其实感受更多的是跟叙述相关的那些节奏、速度之类。

余　华：　不仅仅这些。我为什么喜爱音乐，因为我认为音乐也是一种叙述性的作品。它和文学作品一样，它是流动的。但是，我为什么更愿意到音乐里去体会一些叙述的美妙呢？因为你要是去读《战争与和平》，去了解它的叙述结构，一个月都做不下来，脑子里会很乱，但是你要是听一部伟大的音乐作品，也就是几个小时就听完了，而且你是在享受中听完的，很轻松地，你就了解了它的叙述力量是怎么产生的。

洪治纲：　实际上你的后期作品，很多叙述都比较轻逸、迅捷、单纯，这可能是跟音乐本身有关吧。音乐作品，我想最复杂的一部音乐作品，包括交响乐，从叙述的角度来说，都应该是属于比较单纯的。

余　华：　因为它需要一种更直接的听觉、声音来表达，它们的关系不像是阅读，借助目光，通过大脑，这种关系要稍微复杂一些。

洪治纲： 包括音乐，包括很多重要作家的作品，你现在都在
认真地欣赏和体会，并且还在这些方面写了大量的
随笔。从这些随笔中可以看出，你一直在很认真地
进行一些新的文化积累。像这些积累，会不会对你
将来的创作产生比较大的影响？

余　华： 我觉得会产生非常好的影响。因为我又重读了过去
很多重要作品的篇章，甚至可以说是原著重读，包
括《城堡》，我就是重读的，而且我的阅读感受有
不少的变化，过去我迷恋的东西，有些我依然迷恋，
有些我现在反思了。像这样的话，我相信我现在正
在写的那部长篇小说，它可能更加要花力气，但是
我相信写出来以后，会显得更没有力气感。它就是
属于这样一种作品。

洪治纲： 就是说，作为作家在叙述中的痕迹更少一点，而在
实际叙述的过程中你却更艰难一些，更累一些。

余　华： 更艰难一点，就跟《许三观卖血记》一样，别人说，
你这部作品写得很轻松啊，我说不轻松，因为我要
把这种风格保持下去，这不是件容易的事情。

写作的最大难度在于朴素和诚实

洪治纲： 从最早的《第一宿舍》《星星》，到后来的《十八岁出门远行》《现实一种》，再到后来的《活着》《许三观卖血记》，应该说，你的创作经历了几个不同时期的变化和超越。你是如何看待自己这几个不同时期的作品？

余　华： 不同的时期，一个作家可能会写出不同的作品。我很喜欢我自己1980年代的那些作品。最近，上海文艺出版社出版了我的作品系列，我又回过头来翻翻过去的那些东西，我还是很喜欢。但是，写作是应该一直往前走的。我在1980年代写的那些作品，其中一个优点就是，它们让我完全掌握了我所需要的一种叙述，就是我写什么都行。

洪治纲： 这是不是卡夫卡给你带来的启示？

余　华： 卡夫卡给我带来的那种感觉，好像是"小偷"变成了"大盗"。以前，我觉得自己还仅仅是个"小偷"，所有的技术只能满足于"小偷小摸"，充其量也就是能做到不留痕迹。但是，读了卡夫卡之后，才明白人家才是一个无所畏惧的"江洋大盗"，什么都能写，没有任何拘束。所以，从那以后，我找到了那种无所羁绊的叙事和天马行空的想象，找到了那种"大盗"的精彩感觉。

洪治纲： 这一点你曾多次强调，你甚至说是"拯救"了你。你觉得这种"拯救"主要体现在哪些方面？

余　华： 我是在 1985 年接触卡夫卡小说的。在此之前是日本的川端康成，我觉得他给我的最大帮助是教会了我如何叙述，就是在面对细部时，如何来表达一种微妙的东西。表达一种大起大落的情感是容易的，可是你要表达一种微妙的东西——微妙的情感往往更丰富——但表达起来比较困难。所以我觉得川端康成教会了我，起码是作为一个榜样，让我知道怎么写。而卡夫卡对我的影响已经不是仅仅局限在文学上，是整个世界观的改变。从根本上说，他给我带来了自由，写作的自由。在我的心里，他是一个大作家。大作家可以"乱写"，他爱怎么写就怎么写。

洪治纲： 这种写作的自由，其实就是一种突破了现实秩序的羁绊，使你可以不受我们日常生活经验和常识的规定，不受逻辑规则的限制，让叙事真正地回到作家的主体内心之中。

余　华： 对。我突然感觉到，自己愿意怎么写就怎么写，我不用去考虑刊物怎么想，读者怎么想，只要它能够调动我个人的激情，我认为就是最好的方法。所以，读了卡夫卡之后，从《十八岁出门远行》到《祖先》等一大批作品，都是一种自由写作的产物。

洪治纲： 从你的写作过程看，从短篇到中篇再到长篇，好像按部就班，这是不是你自己有意识的安排？

余　华： 这倒不是。那个时候几乎所有作家都是先写短篇，再写中篇，然后再写长篇，这样一步步来的。当我觉得短篇写得差不多的时候，就开始写中篇，中篇觉得写得差不多的时候就要写长篇了。所以《呼喊与细雨》其实最早就是写一部长篇，就这样的一个想法。

洪治纲： 《一九八六年》这部中篇，我一开始是把它当作寓言小说来读的，因为它有一种很强的"文革"背景。这种寓言性，至少表现在两个方面：一个是，《一九八六年》这个题目就存在非常明显的隐喻意味。1986年，"文革"结束十年后，还有这么一个教历史的老师，还在用种种历史的酷刑进行自戕，比如说，他在自我实施"劓刑"的时候，用钢锯条锯自己的鼻子时，就像吹着悠扬的口琴，那种状态让我很受震动。有很多写"文革"的小说，都喜欢站在知识分子的立场上进行正面表达，写知识分子如何受难啊，"我"当时是怎么受冤屈的啊，这种写作思维很长一段时间都没什么变化。但是在《一九八六年》里，我觉得以前写"文革"经历的那种思维方式完全被抛弃了。你把对人性的伤害推到了一种极致上。"文革"结束十年之后，这个人还在这里用种种酷刑来自戕，虽然他是精神病，但是他得病的原因是"文革"的迫害。特别是，一大堆人围在他身边津津乐道地看他残酷的表演，包括他的前妻和女儿，看到他也假装不认识，然后匆匆地走掉了。这种人与人之间的冷漠，看客与悲剧主角之间的相互遗忘，就是一个很强的寓言。再一个寓言倾向，就是那个疯子。他是学历史的，教历史的，历史上的种种事件、种种酷刑，他都非常熟悉。然后，他又通过种种他所熟悉的中国传统历史酷刑来进行自戕。虽然他的自我伤害是无意识的，但是从本质上说，他之所以做出这些残酷的举动，是历史造成的，是历史给了他这种潜意识。这两种寓言倾向，一下子就使这部中篇超越了以前的那些"文革"小说。我当时就在想，你是不是有意识地想要写一部超越一般"文革"小说的作品？还是你本身就体会到你记忆中的人物就是这样的？

余　华：这部作品是 1986 年写的。那时候，是一个作家比较关注写作题材的时代，我也不能免俗，所以，那个时候我就一直想写"文革"，但一直写不了。然后呢，那个时候作家们都很聪明，好像只有聪明的作家才能够出名——当然现在也依然一样，但是最后能成为大师的作家，往往是很笨拙的，很厚道的。就像你所说的，那时候我是有意识要这样做，我想用一种独特的方式，别人都没有的方式来表达"文革"，所以那并不是我的记忆。

洪治纲：　"文革"时期，你应该正好是处在文化启蒙的阶段。

余　华：　我写《一九八六年》的时候，刚好二十六岁。那个时候让我最难忘的是，我们海盐也有，我去峨眉山、去杭州灵隐这些地方游玩时也都能够看到，有些"文革"中被迫害成精神病的人，他们还在那儿读毛主席语录，喊"打倒刘少奇"之类的口号。我估计他们的一生可能就这样度过了，疯了啊。他们就是"文革"的时候被摧残成精神病的，以后就只知道大声地读毛主席语录，唱那种语录歌。从1984年一直到1986年这几年间，几乎到任何一个景点，都能看到有这样的人，这也给我造成了一个写作基础。所以，我就想通过这样的人来写"文革"。对他们来说，"文革"永远不会过去，或者对我们这一代人的记忆来说，"文革"也永远不会过去。我们可以忘了它，但是它不会过去。《一九八六年》是我写的第一部中篇小说，以前我从来没有写过这样的中篇，不知道该怎么写。

洪治纲：　《现实一种》好像是在《一九八六年》之前吧？

余　华：　之后，因为《一九八六年》是《收获》第六期发的。我对我那个时期的作品记得很清楚。

洪治纲：　《现实一种》是发在《北京文学》。

余　华：　对，发在 1988 年第一期。但是，它们为什么靠得那
　　　　　么近呢？是有原因的。《一九八六年》这部小说原
　　　　　来也是给《北京文学》的，当时林斤澜和李陀都很
　　　　　喜欢，但遇到一个情况，反对资产阶级自由化，《北
　　　　　京文学》不敢发了，撤了。一直到赵紫阳重新将局
　　　　　面拨过来以后，改成《收获》1987 年第六期发表，
　　　　　其实本来应该是在《北京文学》1987 年第二期发表的，
　　　　　然后就往后推了。就是这么个原因。

洪治纲：　大概从《一个地主的死》开始，我觉得，你后来的
　　　　　作品明显地更注重那种朴素的叙述方法了，特别是
　　　　　跟以前的作品相比，有很大的区别。前期的作品，
　　　　　从叙述策略上看，比较注重技术性，比如说你想表
　　　　　现那些人性的暴力、罪恶、丑陋，往往都是用一种
　　　　　强悍的语言去表述，包括设置一些紧张的情节啦，
　　　　　动用一种冷静的叙事话语啦，血腥气很浓，很残酷。
　　　　　而你后期的作品，虽然内涵中还保留了那些东西，
　　　　　像人性的卑微、命运的绝望感之类，但是你却改用
　　　　　了一种体恤性很强的语言来表述，有一种很温暖的
　　　　　东西在里面，而且整个叙述也变得非常质朴、简单，
　　　　　好像是一种纯粹的讲故事，完全不同于前期的先锋
　　　　　倾向。我不太明白，是什么忽然让你发生了这么一
　　　　　种变化？

余　华：　还是叙述在指引着我走。我越来越相信，写作是很

有力量的，而且，随着年龄的增长，我开始慢慢发现过去当我阅读卡夫卡的作品，阅读福克纳的作品，阅读马尔克斯的作品，阅读莎士比亚的作品，阅读蒙田的作品，我发现他们不仅是在写作上、思想上影响了我，甚至还影响我的人生态度。后来我慢慢地发现，我自己写下来的作品，包括像福贵和许三观这样的人，他们也在影响我的人生态度。所以，我觉得这是一件很有趣的事，包括像《活着》写完已经十多年了，我现在回忆这部作品的时候，我发现跟回忆一部我过去读过的作品一样。我读《安娜·卡列尼娜》也是这样的感受，不同的是，对《活着》我知道得更多，而对《安娜·卡列尼娜》我知道得少一点。对我来说，它们似乎都不是我写的，或者也可以说都是我写的。一个人的阅读有时也像写作一样，他的情感、他的智慧、他的各方面的生活经历都参与进去了。所以，我相信写作的力量。我的叙述变化，是写作的力量使我改变的。最早的时候，像刚才说过的，卡夫卡给我带来了自由以后，我写了《十八岁出门远行》那么一批作品。那个时候，我是一个强硬的叙述者，或者说是像"暴君"一样的叙述者。我认为人物都是符号，人物都是我手里的棋子。我在下围棋的时候，我输了，是我的意愿要我输的，我就这样下。我赢了，也是因为我的意愿要我这样下的。写《在细雨中呼喊》的时候，这种叙述方式还没有变，还是用过去的那种方式，就是那种我比较擅长的叙述方式在那儿写。那个时候有一种感觉就是，人物有他自己的声音。事实上，就像你刚才说的，在《一个地主的死》和《夏季台风》中就已经出现了，我已经发现人物开始有他自己的声音了。但那时我还比较牛，不让他们发出声音——你们发什么声音，你们不就是我编出来的嘛！你们都是我的世界里的人物，我就是法律的制定者，我不需要你们讨论通过的！我说的就是标准，我把这个字说错了，你们谁都不能说把它说对。就是这样一种关系。

洪治纲：　那个时候，你可能还没有真正让人物命运或者情节自身去叙述，你可能也没有意识到，这种让人物自己叙述的方法其实更强悍、更有力量吧。

余　华：　对。那个时候，我感觉到这些都是符号，我要用它们来构造我的世界，而且，那个时候，我的作品都是很理性的，就是到了《在细雨中呼喊》的时候，我就非常明显地感觉到，这个人物怎么老是有自己的声音？叙述稍微放开一下，这种声音就呼呼呼出来了。这个小说写完以后，我还没有很明确的意识，等到我写《活着》的时候，这种感受就非常深了。刚开始写我也是用过去的方法写，但怎么写都不顺，突然有一天，我改用第一人称以后，一下就全部畅通了，它给人感觉到好像是河水自己在奔跑，哗哗地向前流淌。

洪治纲： 但是，我读《在细雨中呼喊》，觉得它带着某种自传性的色彩，不知你当初有没有意识到？

余　华： 其实，我写的每一部作品都和我的生活有关。因为我的生活，并不仅仅是一种实实在在的经历，它还有想象，有欲望，有看到的、听到的、读到的，有各种各样的东西，这些都组成了我的生活。所以，我认为所有的作品都跟我的生活是有关的。只不过有些作品在形式上看，离我远一点，像《活着》《许三观卖血记》，而《在细雨中呼喊》看上去离我的生活更近一点，好像我是在写自己。其实，《在细雨中呼喊》里有关我自己的成分，并不比《活着》和《许三观卖血记》多多少。

洪治纲： 在《许三观卖血记》里，我觉得叙述上有一种"夸饰"的成分，还不能说是夸张，而是比现实生活要稍稍地夸大了一些，带有自嘲的特征，比如许玉兰的哭闹啊，骂街啊，等等。在常人的想象里，许玉兰生了个私生子，她自己也应该感到很没面子，但是呢，她吵起架来还是大声地嚷嚷，与正常人的生活不太一样。所以，我总觉得，这部小说的关键趣味就在这里，你常常将那些最隐秘的关键部位撕得很开，又很特别，好像有一种无奈和自嘲的意味，但又不是一种真正的反讽。后来我反复地想，这种类似于自嘲的夸饰方式，在排遣人物内心的那种耻辱、那种无奈时，恰恰是一种很有效的方式。

余　华：　这里面还有一种人物自我调节的问题。谈作品比较困难，谈对人物的理解更容易一点。因为对我们两个人来说，这部作品已经完成了。你是一个读者，其实我也是一个读者，我一边写一边读，无非是我读得比你细一点，或者我读得比你早一点。当我们来谈这个人物，谈许三观，为什么我这样写，我相信人物他需要自我调节，调节他的那种情感，包括像许玉兰这样的人，对你可能不熟，对我来说很熟悉。我小的时候，我们家的邻居，整天就把她家的事情往外抖，一边坐在门槛上哭，一边向人家说。后来有个意大利的读者告诉我，说在意大利南方的那不勒斯，像许玉兰这样的人很多。

洪治纲：　这部小说一到了最关键的地方，你就特别用力，而且写得很精细，很有震撼力。比如说何小勇要死了，他老婆来求许三观，让一乐替何小勇这个真正的爹去喊魂。这个地方，对于许三观是最痛苦的了，因为这等于是要在全镇的人面前公开他的这种生存秘密了，公开他的耻辱了，而作为男人的一个最基本的尊严，在许三观那里必须要彻底撕破了。这一节你却写得非常详细,人性的许多东西,被彻底地撕开了。所以,许三观一下子陷入了那种绝望和无助的境地,他没有任何办法回绝了。虽然那里的人都不坏,但是在这种秘密被一层层地撕开后,他真的很绝望,感到做人很没面子。他本来想掩盖掩盖,结果"喊魂"那一节,使他包括通过卖血所建立起来的、做父亲的尊严一下子毁了。这种"叫魂"的情节,可能是你们那边的一种风俗吧?

余　华：我曾经碰到过这样的事情,那是真的喊魂。因为我是在医院里长大的,我就遇到过好几次,尤其是农村来的,他们经常半夜喊魂,哪里喊得回去!

洪治纲：我觉得这一节写得非常妙,情节设置也非常好,而且叙述也非常用力。

余　华：其实,当一个作家叙述简洁的时候,这个细部就显得尤其重要,但你又不能把这个细部铺满,铺满就是啰唆了。就是说,到了关键的时候,所谓的细节,就是在一个恰当的时机,在一个恰当的位置,增加了那么一点东西,而你发现它不是多余的,这就是细节。

洪治纲：包括许三观一路卖血到上海的那个情节,应该是小说的最高潮了。

余　华：本来我还认为这里不是高潮,我觉得最后的那一段才是高潮,结果写完之后,我才发现高潮在这儿!

洪治纲： 《活着》和《许三观卖血记》都显得非常自然和朴素，
好像没有任何人工雕琢的痕迹，整个叙事都是贴着
人物的身份，贴着人物的语气，贴着人物的生活环境。
在这种叙述里面，我感受特别深的是，好像一些人
类共同的东西表现得特别明显。这也可能是外国导
演看中《许三观卖血记》的原因吧？

余　华： 可能吧。你想想看，一般情况下，一个导演去看一
个外国作家的小说干吗？尤其是中国的，人家拍片
子是很功利的，他曾给我发了个电子邮件，说他觉
得这个故事不单单是一个中国的故事，它是有世界
普遍意义的，所以他拍的话，也应该这样拍。很多
国外的读者，尤其是读到《活着》和《许三观卖血记》
这两部作品时，他们很快就产生了共鸣。我认为，
这是人性的原因，不是语言的原因，因为语言是不
一样的。

洪治纲： 是人性当中那种共通的东西起作用了，产生了一种
阅读上的情感共鸣。

余　华： 就是你在写作的时候，如何去表达它，用一种最准
确的方式，表现它那种最动人的一面。所以，在
1980 年代末，我就一再地强调，对一个作家来说，
最重要的是准确，他一定要把自己想写的东西，用
一种最准确的方式表达出来。那是最能够感人、最
能够吸引人的一种手段。

洪治纲： 应该说，像《活着》和《许三观卖血记》，它们
的一个最大特点就是朴素。我觉得，有的时候朴
素的力量往往是其他的任何力量都无法战胜的，
非常强大。

余　华： 非常强大。这又回到刚才那个问题上了。你问我为
什么 1986 年写下了《十八岁出门远行》？《十八岁
出门远行》还是比较朴素的。我记得当初我到北京，
拿着这个小说给李陀看，李陀那时是《北京文学》
的副主编，林斤澜是主编，他们两个人看完以后都
非常喜欢。老林跟我说，哎，写得真好。李陀夸奖我，
评价《十八岁出门远行》时用了一个词，说写得这
么朴素，真好。那是 1986 年的时候，他就认为朴素
很不容易了。所以，写《活着》时，我就感觉到叙
述对我的要求，我才这样写的，《许三观卖血记》
也是这样，作家都是跟着叙述走的。这一点，我现
在坚信不疑了。所以呢，作家写创作谈之类的东西时，
往往很容易，说我将要如何变变变，但是一旦继续写，
他还是变不出来。很多作家都是在创作谈里谈他是
如何改变的，其实他是没有变化的。

洪治纲： 对。我也认为作家的创作谈是不可信的。

余　华： 写创作谈多轻松啊。我跟你洪治纲谈话，说我下一
部作品要如何改变了，结果写出来还是什么都没有
变，你又不会把我毙了。

洪治纲： 一般人都认为，你的前后期作品，从叙述方式上看，
有很大的变化。但是实际上，我觉得，从思考的本
质来看，从你对人的理解来看，还是一致的。

余 华： 实际上没什么变化。

洪治纲： 不仅是没什么变化，实际上，你的后期作品比前期
更残酷。为什么这么说呢？你前期的作品都是直接
表现人性的恶，像《现实一种》，反正就是要想方
设法让兄弟互相残杀，就是要表现一种令人惊悸的
审美效果。但是呢，我读《活着》的时候，却不一
样了。我记得我当时真的很绝望，觉得你还是很残酷，
而且比以前更残酷。你让福贵的亲人一个个地死掉，
让他最后一个能以沫相濡的外甥还死掉。在《许三
观卖血记》里，许三观一次次地卖血，特别是一乐
还不是他自己的儿子，他还一次次地为他卖血，那
种对男人自尊心的摧残，那种人物心里的绝望、无
助和无奈，都让我觉得里面还是渗透了残酷。不同
的地方，就是在后期作品里，你把那些人物外在的恶，
或者说人物言行上的恶剔掉了，而且剔得干干净净，
但是叙述时，你还是把人物往绝望的地方推，往残
酷的地方推。像这样一种表达，是不是意味着你对
人性本身或者说对人本身有一种绝望？还是你很喜
欢一种悲剧意识，喜欢那种充满悲剧效果的审美方
式？

余　华：　像《活着》和《许三观卖血记》，我认为我是无意识的。因为我刚开始写它们的时候，我都不知道他们后来的命运会怎么样。就这样写下去再说吧，就是属于这种心态，因为我毕竟是有十多年写作经验的人，我知道只要自己的感觉好，就可以往下写，语言的选择，人物命运的选择，都是这样的。

洪治纲：　就是说，你在叙述当中，不自觉地感到人物的命运会往某种绝望的境域跑？

余　华：　应该是这样。是福贵和许三观自己的选择，而不是我的选择，如果要问他们的命运究竟怎么样，我还真不知道。

洪治纲：　我始终觉得，在你的整个作品里，有两种主体意识很突出，一个是伤痛感，一个是绝望感，它们都非常强烈。从《十八岁出门远行》开始，包括《死亡叙述》《一九八六年》《此文献给少女杨柳》《古典爱情》等等，都充满了一种绝望的情绪，充满了一种无奈和伤痛的感受，一种很无助、很无望的感受。这是不是表明它们其实就是你对人生的一种认识，或者说是一种基本的世界观？

余　华：　可能是吧。我感到这种绝望至今都还伴随着我，并没有因为我几年没有写小说了，然后它们就慢慢地消失了。我发现它们还是和我在一起。你看看我写的随笔就知道了。我仔细想想，我的随笔里面写的那些作家个个也都很绝望，不绝望的作家我几乎是没有认同感。所以，我在《内心之死》的序言里，就写了这种阅读对我写作的影响。对我来说，阅读和写作是一样重要的，也是具有同样的审美偏好的。

洪治纲：　我记得卡尔维诺在《未来千年文学备忘录》里说得非常好，作为一个作家，他说出的东西有很强的操作性。他在这本书里首先就提出两个观点，"轻逸"和"迅捷"，还有一个"确切"。在你的《许三观卖血记》里面，这些叙事法则都表现得特别明显。从整个故事结构来看，它是非常简单的。在这样非常简单的故事里面，却通过那种节奏的不断重复，一次次地显得不一样。我印象很深的是，许三观卖血的时候，有一次他喝了四大碗水，还要把肚子晃一晃，说要把肚子里的水晃均匀。像这样的叙述，很迅捷，同时又很确切。这种确切的叙述，我想在生活当中不大可能会有的，而且又恰恰是小说里非常具有灵性气质的、最重要的东西，它可以让叙事一下子飞翔出来。类似于这种轻逸而又迅捷的叙述，是人物行动时自然而然地产生出来的，还是你在这个地方反复想出来的？

余　华：　没有反复想过，这都是写作过程中自然发现的，像这种细部是不会进入我的构思的。所以，衡量一个作家是否有创造力，是否有想象力，我觉得也是在

058

这种地方。我一直认为想象力必须要与洞察力挂钩，否则想象力就是胡思乱想。有个例子，有个青年作家去看望乔伊斯，给乔伊斯看他写的一部小说，乔伊斯看后特别欣赏里面的一个细节，说这个细节很好。这个细节就是写一个女子跟一个神父相爱，很久没有见面，终于有机会见面的时候，两个人都很激动，那个女子扑上去后没有马上抱住神父，而是拿起神父胸前的十字架虔诚地吻了一下。不是吻他的嘴，而是吻他的十字架，乔伊斯对此十分赞赏。那个青年作家对乔伊斯说，他租住地方的女佣人也读了这篇小说，说这个地方没写好，她说应该再加一笔，让那个女子用手把十字架上的灰抹去再吻，因为神父是千里迢迢赶来的。乔伊斯听后说，你跟她去学写小说，别跟我学，她比我高明。所以，所谓的想象力，并不是说我写一个荒诞故事就是想象力，想象力是我的生活中确实没有经历过，我是在虚构这个人物，而这个人物又是那么准确，就像卡尔维诺说的确切，其实翻译成汉语都是一样的，准确或者确切。

洪治纲： 像这种准确的叙述，在你的小说里面非常多。我印象很深的是，《死亡叙述》里，那个司机被一锄一锄地打死后，他的血流在地面上，"像百年老树隆出地面的树根"；再比如像《此文献给少女杨柳》里，两个老太婆谈话的声音，像两片鱼干在风里吹打。类似这样的叙述，实际上就是想象跟经验的结合。再回到"轻逸"上来说，我始终觉得你后期的作品，从叙述上说，无论是语言，还是结构，还是故事设置的密度，都是非常"松"，或者说"轻"。相对来说，你是用一种"轻逸"的方式来表现一种沉重。这种"轻逸"的方式，是不是特别有效？

余　华： 我觉得这种"轻逸"在本质上就是朴素，它是一个叙述上的问题。

洪治纲： 叙述本身也是一种个性化很强的东西。"轻逸"在更多的时候应该体现为一种灵性，一种作家在叙述过程中的创造性发现。像现在的很多年轻作家，好像没有多少个性，叙述都是一个腔调，让人很难体会到人物自身的力量、叙述的力量。没有找到人物自身的叙述语言，没有从这种语言中捕捉到那种"轻逸"的灵性气息，这种写作的意义很值得怀疑。

余　华： 所以，随着年龄大起来，阅读的书多起来，我就感觉到，为什么要绕那么多圈子？我用一种很直接的、很准确的叙述方式写，反而更有力量。我的阅读也是这样，我越来越爱读那些非常简洁的作品，那种绕来绕去的作品，我就不太喜欢读。几乎所有的大作家，我发现，无一例外，刚开始都是先锋，慢慢地都变得朴素，都是走着这样一条道路。我指的是二十世纪的那些作家们，他们经历了一种复杂以后，又变得简单了。

洪治纲：　在这种由复杂到简单的过程中，你最深的感受是什么？

余　华：　我写了那么多年以后，才真正知道一个道理，就是你用一种最诚实的方式去写小说是最困难的。但是，也就是这种最诚实的写作，才造就了我们这个世界上那些伟大的作家和伟大的小说。

洪治纲：　如何理解这种"诚实"？

余　华：　诚实就是"写小说不要绕"。有些作家的最大问题就是绕。为什么他们的作品中没有力量？当一个人，或者五六个人甚至是五六十个人，在一个广场上发生一场战斗的时候，有些作家就是一句话：完了，散了，然后写一些他们打完的情形。他们没有力量去写整个打斗的场面。你看看陀思妥耶夫斯基，就从来不是这样，他总是像推土机一样，缓缓地、一步步地向前推进，而且文学的力量往往就是在这种正面推进中展示出来。你看他写那个拉斯科尔尼科夫，一般的作家要么是绕开，要么是扯开，很少有能力像他那样正面强攻。莫言的作品为什么有力量？他就是迎面而上。我觉得莫言是一个不绕的作家。苏童也不绕，该写的地方他都去写。

洪治纲：　你说的这种"绕"和"不绕"，是不是指作家对小

　　　说的敏感部位要有清醒的意识，并且能够非常及时
　　　地抓住它们，将它们鲜活地表现出来？

余　华：可以这么说。每部作品都有很多敏感的部位，它们
　　　决定了整个小说的内在力量。有些作家没有意识到，
　　　所以就扯开了；有些作家没有信心来写，所以就绕
　　　开了，或者轻描淡写一下了事。但是，好作家绝不
　　　是这样，他会一步步地推过去，用最诚实的叙述将
　　　它全面地展示出来。作家写小说，说到底就是拼性格，
　　　拼力量。你行或者不行，其实就是看你在那些广泛
　　　的敏感区域中，有没有能力去直着写。因为直着写
　　　比绕着写要难得多。像霍桑，他写《红字》中的神父、
　　　海丝特，全都是直着写，所以这些人物都是很有力
　　　量的人，闪耀着内在的人性之光。

洪治纲：但是，现代主义之后的不少作家，与以前那些批判
　　　现实主义作家相比，好像都喜欢绕着写。

余　华：米兰·昆德拉也好，玛格丽特·杜拉斯也好，还有
　　　罗伯·格利耶也好，我认为他们都是好作家，但我
　　　从不认为他们是大作家。因为他们一生中根本没写
　　　出真正意义上的大作品。什么是大作品？《百年孤
　　　独》是大作品，《战争与和平》是大作品，《大师
　　　和玛格丽特》是大作品。狄更斯的几乎都是大作品，
　　　《双城记》《大卫·科波菲尔》和《荒凉山庄》，
　　　只要他能写下的。奈保尔说二十世纪的作家全部加

起来，也比不上狄更斯一个人，我觉得他的这个评价不能说是很准确，但也是有一点道理的。准确地说，二十世纪还是有很多伟大的作品的，起码像马尔克斯的《百年孤独》就是一部了不起的巨著。

先锋是一种精神的活动

洪治纲：　对先锋文学，我觉得现在普遍存在着一种曲解，好像凡是先锋的，就是在文本上、在表达上非常特别的，是一种形式上的创新和改造。但是，实际上，我觉得先锋有两个概念：第一个是，先锋必须是精神的先锋，就是说，你体验到的，你发掘到的，那种人性和命运深处的一些永恒的东西，它们能显示你的精神是处在现在思想的前沿位置上。第二个呢，先锋是一个流动的概念。比如说，现代主义相对于批判现实主义来说，肯定是先锋的，但现代主义被后现代主义替代以后，就不算是先锋了，应该是后现代主义才算先锋。先锋是不断流动的。同时，先锋也是一个带有地域性的概念。它带有时间性又带地域性。我们1980年代的先锋文学在外国肯定算不上是先锋的，但是在我们这个特定的环境里面，在中国当代文学的环境里面，它们还是属于先锋的，这种先锋地位是不可动摇的。所以，从这两个角度来看，我认为你的作品还是具有先锋精神的。应该说，你在叙述技巧方面，在叙事形式上，跟马原，跟洪峰，跟残雪，跟这些人相比，都没有本质性的超越，但是你在作品中表达出来的人性，表达出来的生命体验，以及那种思考，却是很独特的，有着超越性的。比如说《现实一种》《四月三日事件》《死亡叙述》《河边的错误》等等，这些作品里所透示出来的暴力与人性的关系，就很尖锐。人家也写暴力，武侠里面也写暴力，也写得很残酷。但是，你写亲情之间的那种仇杀，写那种迫害狂的隐秘内心，疯子的那种非理性暴力，那种状态，我觉得达到了人性的绝望地步。像这些状态，我觉得就是先锋作家的一个很重要的标志，因为你叙述的东西，是以前作品中没有的，也是别人无法重复的。因为先锋最重要的特点就是"不可重复性"，它是一种前卫性的、独创性的，尤其是在作品所体现的精神内涵上。包括后期作品《活着》也是这样。那么一个善良的人，在没有任何恶势力的情况下，你能够把他写得那样绝望。这种绝望本身就是一种不同寻常的命运思考。如果是因为恶势力，像香港的枪战片那样，那种绝望就不稀奇。稀奇的是，像福贵那样善良的人，那么老实的一个人，一步步地走向绝望，一般人是无法抵达这种深度的。我觉得你的这种体验，这种对命运的把握，能够把这么一个朴素的人写到绝望的深渊，这本身就体现了一种精神的前卫性。我不知道你对这点是怎么看待的？

余　华：　你刚才谈的先锋文学观点，我是很赞成的。先锋是一种精神的活动，它不是一种形式的追求，因为先锋在每个时代都会出现，这是第一。第二点呢，就是先锋是流动的，它会受到环境的影响。"地域"这个词往往会把人们引到乡土的范畴里去，带有乡土意识，所以用"环境"这个词可能理解起来更加容易一点。我在《歌德谈话录》中曾经看到歌德对自己的一个前辈诗人的评价，他说这个诗人出现的时候，他是走在时代前面的，甚至他还使劲地推着时代走，而现在，时代早把他抛到后面。如果这个作家是先锋作家的话，我认为这是对先锋的侮辱。先锋不是时髦，有时候可能会出现一些很时髦的作家，但时髦是可以模仿的，而先锋是不可以模仿的，也是模仿不到的。

洪治纲：　真正的先锋，其实就是一种精神的超前性。人家体验不到的，他体验到了；人家没有思考到的，他思考到了；人家不能表达的，他成功地表达了。

余　华：　还有重要的一点，在任何一个时代，他都是走在前面的。

洪治纲：对。从本质上说，先锋是流动的，而实际上因为它是走在最前面的，它在艺术上的成熟往往比较难以做到。比如说人家写批判现实主义作品，那么我再写批判现实主义，相对来说，这就有了经验积累的过程。先锋是相对开放的，所以，它往往不具备经典的意义。但是，也有很多优秀大师，他们既是一个先锋作家，又写出了不少经典性的作品，像普鲁斯特，像君特·格拉斯，都是这样。

余　华：对先锋作家的评定，我觉得还应该有个要求，他的作品不仅是在那个时代给人带来某种新奇的力量，同时对整个以后的时代，他还要有一种持久的力量。这才是一个真正的先锋作家。

洪治纲：就是要有一种预见力。他能够通过自己的作品，预见人类未来的某些精神走向，并且让未来的人们还会去不断地阅读他。所以，从我们现在通常所说的先锋文学来看，你是不是觉得中国的先锋文学被曲解了？

余　华：我们的先锋派或者说先锋，在1980年代末或1990年代初的时候，迅速地被转化成一种时髦，成了大学里的文学社争相追逐的一种写作方式，那么，这种先锋肯定就变调了。

洪治纲：就跟现在的"另类写作"一样，成了所谓的时尚文学。

余　华：　对，就是这种说法。但是，我觉得，假如说要是没有那些伟大的作家，他们给我们留下了不朽的作品，那么，先锋很可能是一个很讨厌的词汇。

洪治纲：　先锋本身就是从传统里产生出来的。没有传统的积累，先锋不可能产生，但是先锋又是对传统的一种反叛。

余　华：　就跟罗兰·巴特说的那番话一样，那番话在 1980 年代末对我产生了很大的影响。他说，现代性并不是一个来自单纯对立面的死字眼，很多人认为现代就是与传统的对立，他说不是，现代性是传统在变革时的一种困难活动，这就是现代性。它是一种活动，而传统永远是很强大的。

洪治纲：　当然是这样。因为今天的先锋，到明天很可能也变成传统的一部分。

余　华：　我们的传统文学其实意味着什么呢，就意味着是由无数经典作家们的经典作品组成的，那是世世代代都要阅读的，用博尔赫斯的话说，是完全不同的人，怀着同样的忠诚去不断阅读的作品。

洪治纲：　我还有个想法，一个作家如果没有先锋精神，从某种意义上来说，也是很可怕的。为什么这样说呢？我觉得，没有一种先锋精神，他很可能无法体验到某些独特的人性，他的审美思考，他对人性和命运的把握，很可能找不到属于他自己的那种发掘点、

那种独创性，甚至他的叙述方式，也找不到独特的
风格。

余　华：　我觉得我们通常意义上理解的先锋派，它并不代表
文学的本质。因为一个时代和另一个时代的先锋文
学，很可能完全是两种面貌。比如今天这个时代需
要的先锋，跟过去的时代相比，跟 1980 年代相比，
都是不一样的。真正的先锋性，是保持你的写作生
命力更长久的一个方式。

长篇是一种表达的需要

洪治纲：　有不少早期的小说，像《第一宿舍》《"威尼斯"
牙齿店》《鸽子，鸽子》《星星》《竹女》《甜甜
的葡萄》《男儿有泪不轻弹》《月亮照着你，月亮
照着我》《老师》等等，你都没有收录任何小说集，
不知道你是出于什么样的考虑？

余　华：　这些都是我的练笔，当时仅仅是想发表。这些小说，
我以后也不会收录到自己的文集中。我觉得，既然
读者要买你的书，你就应该给予他们一些自己满意
的作品。

洪治纲：　中国的作家和读者总有一种普遍的认识，觉得一个

作家差不多应该每年都有新作品问世，这样才能体现一个作家的创作潜力，你认为呢？

余　华：　以前我也是这么看的。但是，去年到了美国以后，我去了那里的很多书店，看到威廉·福克纳的所有小说加在一起也不到二十本，而且基本上都是薄薄的那种。再去看看奈保尔，也就十多本。所以，我突然发现，从我这个年龄来讲，我已经是高产作家了，绝对不算低产了。

洪治纲：　你现在的所有作品加起来，大概也就一百五十多万字吧？

余　华：　差不多。连《兄弟》加在一起，也不会超过二百万字。

洪治纲：　这个数量在中国作家的创作成果里，算是比较"贫穷"了。

余　华：　是啊。但是，我在美国时，哈金的一句话给了我很大的震动。哈金说，美国作家心中都有一个伟大的愿望，就是一生要写一部伟大的小说。

洪治纲：　所以，外国作家好像很少有人去追求写作的数量，像塞林格，他一生就靠一本薄薄的《麦田里的守望者》，杰克·伦敦的作品很少，但他的一部《荒原狼》就撑起了自己的文学地位。

余　华：　对，我当时听了哈金的话就感到很惭愧。原来他们是用写五本书的精力去写一本书，而我们的作家呢，常常是用写一本书的精力去写五本书，一年不出一个长篇就活不成了，这怎么能一样呢？

洪治纲：　读完《兄弟》，我有两点感到震惊：一是在你以往
　　　　　的创作中，所有作品加起来不过一百五十万字左右，
　　　　　而这部你在中断小说创作十年之后的小说，居然长
　　　　　达五十一万字，并且在阅读上并不感到累赘。是叙
　　　　　述本身控制了你，还是你对长篇小说的"长度"有
　　　　　了一种新的理解？二是《兄弟》竟动用了近三分之
　　　　　二的篇幅进入当下的现实生活，并且在整体上体现
　　　　　出"波澜壮阔"的宏观性特点。而在你以往的小说中，
　　　　　只有一些短篇涉及当下的现实生活，并且多半局限
　　　　　于婚姻、家庭等"小叙事"。是怎样一种想法促动
　　　　　你产生了这种叙事格局的转变？

余　华：　在《兄弟》之前，我已经在写作一部很长的小说，
　　　　　写了三年只有二十多万字，问题不是字数的多少，
　　　　　是我写了三年仍然没有疯狂起来，我知道叙述出现
　　　　　了问题。我刚好去了美国七个月，有时间思考，究
　　　　　竟是什么原因让我的叙述里只有优美的词句，没有
　　　　　忘我和疯狂的感觉？换一个说法，就是写了三年我
　　　　　的叙述一直没有飞翔起来，我发现问题就出在叙述
　　　　　过于精美，为了保证叙述的优雅，有时候不得不放
　　　　　弃很多活生生的描写。精美和优雅的叙述只适合于
　　　　　"角度小说"，也就是寻找到一个很好很独特的角度，
　　　　　用一种几乎完美的语调完成叙述，比如在中国名声

显赫的杜拉斯的《情人》。"角度小说"在做到叙述的纯洁时是很容易的，可是"正面小说"的叙述就无法纯洁了，因为"角度小说"充分利用了叙述上的取舍，"正面小说"就很难取舍，取舍就意味着回避，叙述回避就不会写出正面的小说。当描写的事物优美时，语言也会优美；当描写的事物粗俗时，语言也会粗俗；当描写的事物肮脏时，语言就很难干净，这就是"正面小说"的叙述。十多年前我读过巴赫金对陀思妥耶夫斯基的评价，也就是著名的"复调"理论，"正面小说"无法用一种语调来完成叙述，从这个意义上来说，十九世纪西方文学中所有的伟大小说都是"复调"的，因为它们都是正面来表达的。

洪治纲：　与你以前的三部长篇相比，《兄弟》看起来似乎很不一样，其喜剧性基调明显大于以往的悲剧性基调。但是，细研之后，我发现其内部仍然贯穿着你的某些艺术思维的惯性。这主要表现在：一是对死亡的不自觉的迷恋。《兄弟》一共写了七个人的死，李山峰、孙伟父子、宋凡平父子、李兰、宋钢的爷爷，除了最后两人是正常死亡，其他五位都是非正常的死亡。当然，这些非正常的死亡主要是针对"文革"时期的压抑性和暴力性背景的（除了宋钢），但也不能完全排除你对人物命运的一种习惯性的处理方式。二是对江南小镇地域风情的不自觉的迷恋。尽管《兄弟》中并没有详细描述刘镇的具体位置和风土人情，但是，从"我们刘镇"这句叙述者频繁使用的句式中，从频繁出现的河流、小桥以及李兰守寡不洗头的风俗中，从刘镇对上海的依赖关系中，我们仍然可以看出，它是你的故乡海盐的再一次呈现。记得你曾说过："我只要写作，就是回家。"这次的《兄弟》写作，似乎意味着你在精神上的再一次回乡，也意味着地域文化对一个人的强大的制约力。三是作品中所渗透的悲悯情怀仍然贯穿始终，只不过在控制手段上更加隐蔽。我曾论及，《在细雨中呼喊》是通过孤独和无助来寻找和发现悲悯的重要，《活着》是通过"眼泪的宽广"来展示悲悯的价值，《许三观卖血记》则是通过爱与温情来表达悲悯的救赎作用。而在《兄弟》中，悲悯依然在人物内心深处不断被激活，并构成了一种消解荒诞生活的重要元素。

余　华：我也不知道是什么原因，别说我在1980年代写的那些令人恐怖的中短篇小说了，就是我的四部长篇小说里也都有非正常死亡，原来指望《许三观卖血记》可以没有，可是何小勇被汽车撞死了，在这个情节上我犹豫了很久，我希望何小勇活着，让我有一部长篇小说里没有人非正常死亡，可是要命的是何小

勇活着的话，后面所有的情节都无法展开了。我想
这是叙述的天意，包括《活着》，其实我刚开始写
的时候，根本不知道最后只有福贵活在人世间。至
于"刘镇"，毫无疑问是一个江南小镇，可是已经
不是我的故乡了，我家乡的小镇已经面目全非，过
去的房屋都没有了，过去熟悉的脸也都老了，或者
消失了。尽管如此，只要我写作，我还是自然地回
到江南的小镇上，只是没有具体的地理了，是精神
意义上的江南小镇，或者说是很多江南小镇的若隐
若现。

洪治纲：　《兄弟》真正地写活了李光头这个人物。表面上看，
他是一个草莽英雄，既粗鲁自私又直爽侠义，既果
敢无畏又狡黠奸诈，但是，他的骨子里，仍然不乏
一些悲悯情怀，不乏一些执着的人生追求。他对兄
弟宋钢的感情可谓血浓于水。他既能受胯下之辱，
又能受巅峰之誉。前半生，他几乎被一切大大小小
的权力意志所凌辱；而后半生，他却成功地控制了
各种权力意志。可以说，他是一个特殊历史所铸就
的怪胎，充分彰显了社会转型期所暴露出来的各种
人性本相，这种人性内部的分裂聚集在他的身上，
使他一直处于某种强劲的张力场中，但他并没有因
此而显得矛盾重重，相反却始终从容自在，甚至有
一种潇洒自如的状态。他是一种典型的欲望狂欢的

精神镜像。因此，其精神的复杂性远远超过了其命运的沉浮。

余　华：　我曾经说过，李光头是一个混世魔王。我喜欢这个人物，喜欢他的丰富和复杂，这个人物和我们的时代有着千丝万缕的联系，可以说就是我们时代的产物。我要说明的是，我喜欢这个人物，并不是赞成他的所作所为，如果有人来问我："你为什么让李光头这样？"我的回答是："应该去问李光头。"为什么？这就是叙述，当一个人物出现以后，他会走出自己的人生道路，不是作者可以控制的。这个人物在上部时，我已经控制不住他了，到了下部，我所要做的工作就是记录此人的言行，可以说我只是叙述的记录者。

洪治纲：　《兄弟》之所以呈现出非常明显的喜剧化格调，主要在于它突出了一些带有荒诞意味的事件，像李光头摩擦电线杆，李光头用偷窥后的屁股换取三鲜面，李光头广泛发动群众展开爱情攻势，李光头操纵的新闻事件和全国处美人大赛，等等。我个人认为，这些事件是带着小说飞升起来的重要部分，它有些类似于米兰·昆德拉所强调的"可能性的存在"，即，它抓住了现实中某些具体表现力的事件，将它进行必要的扩张，使它在"可能性"上挣脱客观现实的羁绊，从而揭示现实背后的某些晦暗成分，强化叙事的表现力。譬如李光头摩擦电线杆和用偷窥后的屁股换面条,不仅凸现了人性被极度压抑的现实景象,而且也揭示了这种人性自我平衡的突围手段。它的真实寓意不在于李光头本人的所作所为,而在于刘镇的看客和听众的畸形心态。同样,李光头所操纵的《百万富翁呼唤爱情》新闻事件和全国处美人大赛,也不仅仅表现了李光头的市场眼光和特殊智慧,它还从声势浩大的参与者的身心折射了欲望时代的利益景观。

余　华：　细节会在叙述中自己延伸,两年前我刚刚写下李光头在厕所里偷看时,根本不会想到在下部里刘作家会在报道中用一把钥匙给他平反。当宋钢和林红结婚时,我即兴地写下了李光头去医院结扎的段落,没想到后来这份结扎病历让他在法庭上打赢了官司。我在上部里写刘成功和赵胜利如何给李光头和宋钢吃扫荡腿时,也没想到在结尾的时候,赵胜利(赵诗人)竟然当上了李光头的体能陪练师,风雨无阻地供李光头扫荡自己。这样的例子很多,包括对人物的处理,我在下部中让小关剪刀去了海南岛,我以为不会写到他了,没想到宋钢在海南岛遇到了小关剪刀。还有李光头在福利厂的十四个忠臣,我也以为他们不会出现了,可是宋钢死后李光头悲哀地重新回到了福利厂,这些人物在最后也交代了。

洪治纲： 在阅读《兄弟》时，我觉得有很多极为扎实的细节
叙述非常具有震撼力。无论是宋凡平的死亡，李兰
为丈夫送葬，还是李光头陪母亲祭父，李光头和宋
钢为母亲送葬；无论是宋钢爷爷的死亡，宋钢从内
裤口袋里掏钱付账，还是宋钢在接受林红爱情时的
情感游离，李光头和林红面对宋钢自杀后的表现等
等，你在叙述这些事件时，始终坚持不弯不绕，人
物的一言一行都体现出十分罕见的精确，读后像刀
片划过一般，让人战栗不已。尤其是李兰从上海回
来，当她下车后得知丈夫被打死在车站广场时，面
对广场上那摊隐约尚在的血迹，李兰所表现出来的
一系列表情和行为，看似没有涉及任何心理上的直
接描写，但是，她的每一个细微的动作和表情所折
射出来的内心之痛，都远比心理描写要有力量得多。
类似于这些细节的叙述，在我的阅读体验里，只有
陀思妥耶夫斯基的《罪与罚》曾经有过。

余　华： 我之所以喜欢这部《兄弟》，一方面它是最新的作品，
另一方面是我处理细节的能力得到了强化，这对我
十分重要，不仅是对这部《兄弟》，对我以后的写
作更是如此。叙述的力量常常是在丰富有力的细部
表现出来的，很多年前，我刚刚开始写作的时候，
读到陀思妥耶夫斯基的《罪与罚》，拉斯科尔尼科
夫杀人之后，陀思妥耶夫斯基用了很长的篇幅来表

达杀人者内心的动荡，这个篇章让我阅读时非常震撼，那种精确细致的描写丝丝入扣。而在《红与黑》中，于连·索黑尔去勾引德·瑞娜夫人时，司汤达尔写得像是一场战争一样激烈。当时我就想，什么时候我也能这样有力地去叙述故事？我觉得《兄弟》的写作让我看到了这样的希望。

洪治纲： 《兄弟》作为一种恢复性的写作，在你的小说创作停止十年之后重现文坛，可以说是给了文坛潇洒的一击。对于你个人来说，是否让你真正地回到了小说叙事的最佳状态？

余　华： 是的，我回来了，回到了小说的叙述中了，而且感到自己发现了新的叙述能力。我在写下《兄弟》第一段话的时候，只是想恢复一下自己写小说的能力，没想到会是这样一部作品。所以我在后记中说到"窄门"，《兄弟》的写作就是这样的经历。

2006 年 9 月

一个人的记忆决定了他的写作方向

坚信自己的阅读感受

王　尧：　我身在大学，长期从事文学教育，对体制化的"学
院"做派逐渐有些反感，我甚至觉得在某种程度上，
大学的文学教育几乎是失败的，大学的许多教授们
正在远离作为招牌的文学，我身为教授，很不自在。
在"小说家讲坛"开幕式上，我就说，办这个讲坛
的目的之一，就是反拨一下大学的文学教育。这也
是我和林建法在讨论开设这个讲坛时形成的共识之
一。文学批评中的一些问题，是批评家在"怀胎"
时就有的。在哪里怀胎？在大学。少数是"自学成
材"，但读的是大学的教科书。您去过不少大学讲演，
也接触过众多大学的文学读者和批评家，在您看来，

大学的文学教育究竟存在什么样的问题？

余　华：　中国大学的文学教育，多年来已经形成了一种思维的方式，虽然在局部方面有许多不同。现在还是比过去离文学更近了，应该可以这么说。我去过不少的大学，中国的大学，跟老师和学生都有交流，我感觉有一点比较明显，现在大学里的文学教学，不是在培养学生的阅读能力，而是在培养学生的理论能力。这个我觉得不是一件好事，因为理论能力是以后自己可以慢慢培养起来的，但是阅读的能力很重要，我在很多学校都对学生们说：要坚信自己的阅读感受，不能人云亦云。他们问我怎么走过来的，我说刚开始的时候心里也没有把握，别人都说这本书写得有多好，怎么怎么好，可是我读了以后就是没有感觉。我说这里有两方面的原因：一方面，可能是这本书写得的确不错，但是我还没到应该与它相遇的时候，很多书都是这样的，有些书我过了十年二十年之后重读，感受是截然相反的，过去一些让我激动的小说，现在重读觉得很一般，过去觉得没什么意思的小说，现在读起来可能觉得非常好。所以一个读者与一本书相遇是需要缘分的，有些时候是缘分未到，有些时候是缘分已过；另一方面，这是经常发生的，这部作品其实并不是一部了不起的作品，无非是由于炒作，由于各种各样的原因，由于学者们在不断分析它，所以流传到现在，你们大学里的教授们也还在继续分析这样的作品。

王　尧：这就是体制化的知识生产。用这种方式培养的学生会考试，但不会阅读，不会写作，学生在阅读时失去了兴奋点。

余　华：阅读文学作品最重要的一点，必须要有兴趣，你在读一本书的时候有没有获得乐趣？所以我就对学生们说，当你们在读文学作品的时候，暂时忘记老师对你们说什么，也不要去管报纸上是怎么介绍的，因为我太知道现在报纸推荐书的过程里，有着各种各样书以外的因素，当然它们也会推荐一些好书。关键还是要让学生们养成这样一个习惯，不要去管别人怎么说，哪怕同学们都说这本书怎么好，你最信任的人都说这本书怎么好，如果你自己读了没有感觉的话，你就不要读了，也不要去想它好在哪里，如果这确实是一本好书的话，可能你还没有达到与它共鸣的时候，所谓的没有"达到"，并不是说你的阅读的水平没到，而是你的人生经历、各方面的感受还没有和它对号入座；还可能很多时候你所读到的并不是一本好书，因为大家都说它好，你就不敢说它不好了。

王　尧：您也有这样的阅读经历吗？

余　华：我1980年代刚开始写作的时候，阅读比较窄，喜欢某一类风格的作品，比如川端康成，我当时特别喜欢，还有普鲁斯特，还有英国的曼斯菲尔德，一个女作家，类似这样的叙述节奏很慢、又比较优雅的作品，曼斯菲尔德带有一点纯真的感觉。其实川端康成和普鲁斯特，虽然是截然不同的作家，但是他们的作品都很纯真，我当时就是喜欢这样一类的作家。二十年以后，我发现自己什么作家都喜欢了，不再是这个或者那个，我发现只要是好作家就会喜欢。我因此告诉过其他学校的学生们，我之所以能成为一个作家——假如你们还认为我是一个作家的话，那我应该告诉你们，我作为一个读者比作为一个作者更优秀。正是因为我有阅读和判断文学作品的能力，这样的能力反过来又在写作中把握了自己叙述时的分寸，这一点非常重要的。任何一个好的作者，前提必须是一个好的读者；一个好的读者，才能成为一个好的作家。要是他尽读一些烂书，他的阅读能力很低的话，他能写出好东西吗？所以要培养学生们自己的阅读能力，那种阅读的能力首先必须在阅读的过程里充满了乐趣，有了这种乐趣，他的阅读能力就会不断增长；没有这种乐趣，他的阅读能力就增长不起来。他老是在想，别人都说它好，我为什么读不出来？他会因此越来越苦闷。

王　尧：　现在大学里的学生过早地按照老师的教导，按照老师给他的理论去读书，过早进入分析状态，太早了。一开始大学就要把学文学的学生培养成一种职业的阅读者，这是非常"危险"的。我赞同你的说法，阅读不应当是压抑自己全部正常的感受。

余　华：　文学最重要的一点是什么？就是当我们阅读的时候，我们因此生发出来的感受跟其相对应，假如阅读反而压抑自己的感受能力，那么文学最重要的魅力已经没有了。不仅是文学，我相信数学也是一样的，当你在解一道方程式的时候，你会用上全部的智慧、全部感受的能力——数学有时候也是需要去感受的。我觉得任何学科都是这样，文学尤其是这样。

"文革"记忆与对创作的影响

王　尧：　我们是同一年出生的。1960 年代是个重要的年代，但 1960 年代不属于我们。"九大"召开时，我也跟在大人后面放鞭炮。"文革"后期有些事情，我们记忆就深了。"文革"究竟带给你一种什么样的记忆？你后来在创作的过程当中有没有修正过？因为我觉得，今天有很多"文革"的那些过来者、亲历者，在不断修正自己的一些东西。"文革"本身是非常复杂的，留下的不仅是创伤记忆。

余　华：　"文革"的时候，我刚好经历了自己的童年和少年时期。"文革"开始时我们刚好六岁，已经记事了，慢慢地开始要去了解那些事件了。所以我感觉到，像我们俩，我们这一代人，回忆我们的童年和少年时，就必然是在回忆"文革"。

王　尧：　是的，我们对现实的记忆从这里开始。

余　华：　"文革"开始时我还在童年的岁月里，那种场景、那种混乱的状态，给予我的感觉就是热闹。到了"文革"后期，我是一个少年了，仍然热闹，"大批判"文章铺天盖地而来。什么"批林批孔"，什么"反击右倾翻案风"，一个一个出来了。现在回想起来，这样的热闹已是人生里的阴影，一直影响了我们整个1980年代，影响了我们在1980年代的心态。

王　尧：　确实，记忆是与现实语境有关的。我想知道你对1980、1990年代的理解，以及你在1980、1990年代语境中的"文革"记忆。

余　华：　现在我很怀念1980年代，那是一个最好的年代，那么多人真诚地要冲破什么；到1990年代已经冲破了，起码在人的思维上已经没有禁区了，这时候你突然又感觉有点不对劲了。所以我觉得1980年代的一些事件，给我们的心理带来的冲击，把我们"文革"的经验全部调动起来了。我记得自己曾经绝望过。

《十八岁出门远行》是李陀给我发表在《北京文学》
上的，紧跟着《一九八六年》等一些中篇小说也快
要发表时，突然间整个形势一下子转到另一个方向
去了，差不多一年时间，这不到一年的时间里，我
所有要发的稿子都被退稿。这意味着什么呢？当时
我感觉到自己终于要从井里爬出来的时候，突然被
人踩了一脚，又掉回井底了；如果我真正出来了，
谁踩我也踩不下去了。但是那个时候我是刚好要出
来，一脚就把我踩没了。你知道吗？那种压抑，就
是"文革"的感受全部回来了。好在后来一下子又
扭转过来了。就在扭的过程中，李陀告诉我，别的
杂志不敢发表的稿子，《收获》敢发表，因为《收
获》主编是巴金，巴老德高望重，当时恨巴金的那
些人也不敢招惹他。李陀就把别的杂志的退稿替我
寄给了《收获》，《收获》全部发表了。刚好《收获》
发表我的小说的时候，整个形势也扭转过来了，《收
获》也没事了。这就是我和《收获》保持了那么多
年的友谊的原因。是什么东西总是勾起我们的童年
和少年时的"文革记忆"？到了 1990 年代再来回忆
我们童年和少年的经历时，已经没有那种压抑感了，
社会已经不可能退回去了。这时候回想中的"文革"
经历又不一样了，有关"文革"的记忆变成了一系
列的事实了，不会再调动我在政治上的判断力、道

德上的判断力，而是调动出来了我对事实的判断力。
1990年代两三年里跨出的步伐，比1980年代整个
十年都大，这是很惊人的，现在没有往回走的那种
强烈的倾向了，有往回走的声音，也就是很弱的声音，

王　尧：很快就消失了。

余　华：现在回忆"文革"，与1980年代不一样了。

我现在回忆"文革"，感觉那是恐怖和欢乐并存的
年代。举个简单的例子，"文革"时派系林立，我
父母都是医生，我和哥哥经常睡到深更半夜才听到
他们回家的声音。有一天晚上，我们家里来了非常
多的人，谈这个，谈那个，那时候我听不懂他们的
话，我说了一句话，我说我们家开会了。我当时特
别高兴，结果我父亲勃然大怒："你别胡说。"那
个时候就是这种感觉，现在回忆当时的这种感觉时，
就是一个事实了，不再是任何别的什么了，不再去
调动我的这样或那样的判断。所以到1990年代，"文
革"对于我已经是一个纯粹的回忆了。还有一个很
深的印象，出现过几次这样的事，深更半夜我父母
非常紧张地回家，把我和哥哥从床上弄醒，要我们
赶紧走，我们也非常紧张，当时两派要打起来了。
我很害怕地跟着父母到了一个很大的房子里，一看，
平时白天在一起玩的小伙伴们，全在那儿，都是医
院医生的孩子，就是我父母这一派的那些人的孩子。

他们为了保护自己的孩子，把所有的孩子都集中到一起，所有的家长也在一起，不能分散，分散了会有危险。去的时候是非常恐怖的，父母神色慌张，而且我母亲还在问我父亲要不要带什么东西，我父亲说别带了，还要回来的。我母亲给我的感觉是要离家出走。到了那里一看，小伙伴们都在那里，到了晚上还可以继续玩，那个时候晚上是不能玩的，天黑就得睡觉，所以我的慌张立刻变成了欢乐。我觉得这个很能代表我现在的"文革"记忆。我相信再过一个十年，再来回忆"文革"，所有的记忆出现的时候，都跟这个人所处的时代、他个人所处的环境以及他的命运是密切相关的，它们之间是不可能脱离开来的。

王　尧：这里我觉得有几个问题还是可以再进一步探讨。比我们更年轻的一辈，他根本没有经历过"文革"，有一批人，是有"文革"的思维、"文革"的做法，这与他们的现实处境有关系吗？

余　华：对年轻一代来说，只要给他们机会就会表达出来，这是为什么我们能够不断往前走的动力，应该是原动力，用我那个八岁的儿子的话说，就是原力，他从动画片里看来的那些词汇。我们现在看到有些人写文章——这时候我又调动自己的"文革"时记忆力了——我马上想这个人要是还在"文革"期间的话，会怎么样。

王　尧：　你看一些人写文章的那个霸气呀，那种什么逻辑呀。

余　华：　倒不是什么霸气，一个学者写文章有霸气是好事。
这些人是属于匪气，就是胡说八道。"文革"中的很
多现象，到了1990年代以后——我们就不要说大的，
就说学术界、文学界——那种不择手段的方式没有
改变，"文革"是以革命的名义，现在是以另外的
名义。不择手段的方式在任何时代都会出现，只是
出现的方式不一样。

王　尧：　"文革"留给我的恐惧感很深，这可能与我的外祖
父受到冲击有关。你刚才也提到"文革"的恐怖，
它给你带来的恐惧，我觉得反映在你的创作里。你
小说中的恐怖呀、暴力呀，可能最早是来自于"文革"
时期那些武斗呀，那种血腥、那种暴力的东西。

余　华：　应该说是有密切的关系。我最早阅读的文学作品，
其实就是大字报。那时候我已经上初中，"文革"
进入后期，大字报还很兴旺。那个时候的大字报转
向攻击人的隐私，编造一些色情故事之类的，很精彩，
我那时候很喜欢看，每天放学回家时都要去看看新
出现的大字报。我刚参加工作，是1978年，在牙科
医院当牙医，我们镇上每个单位都要抽调一两个人
去读那些审查资料，"文革"后那些造反派都给抓
了关押起来，他们都在写交代材料。所写的交代材

料，前面一小段都是说自己政治反动什么的，下面都是交代他跟这个女人那个女人的关系，由此可见那个时代已经压抑到什么程度了。因为你不审问他，这些内容是不可能交代的，审问的那些人的兴趣也都在这些事情上。那些交代材料看得我心惊肉跳，那时候没看过这样的东西，比现在下半身的写作更吸引人，一个一个我看了一堆。1978 年的时候书还是不多，到了 1980 年以后，大量的书才开始出来，所以大字报和交代材料是我的文学启蒙。我当时接触的大字报是暴露阴暗面的，工作后又看了半年的色情交代。我印象很深的是，我上小学的时候，在"文革"时，偷偷看过一个走资派写的交代材料，写得跟我后面看到的造反派的交代材料一样，也在写他跟其他女人的关系。

王　尧：这给你的创作带来什么影响？

余　华：让我更关注社会角落里的一些东西，就像现在我们看到有些人的文风，和当年写大批判的文章是一样的。"文革"中走资派写的那些交代材料，跟"文革"结束后，造反派写的交代材料也是一样的，由此可见，人有很多东西是始终改变不了。

王　尧：你可能对人性、对历史的洞察，也是从这里开始，从负面开始的。

余　华：1980 年代，我写《十八岁出门远行》《现实一种》

这组小说时，确实比较阴暗，这和"文革"给予我的经历有关。1990年代以后，在《收获》上发表的三个长篇小说，那时候我的视野开阔一些了，写作不只是为了暴露阴暗的东西，更多的是为了关注人是怎么生活过来的，要命的是我笔下的人物的生活总是不幸。有很多年轻人问我，《活着》里面的人物为什么都死了？我说这样的小说换了你们这一代人来写，不会这样写。我童年少年的时候有不少孤寡老人，因为二十世纪的中国经历了太多的苦难，五保户不少，到处都是孤寡老人，因为在此之前经历了战争，经历了瘟疫，经历了疾病，经历了饥荒，死了很多人。所以，我对他们说童年对一个作家的重要性。童年的时候，整个世界像是通过复印机复印到了你们人生的白纸上，你们长大以后所做的只是一些局部的修改，这儿修修，那儿改改，基本的结构和图像是不会变的。

王　尧：　是这样，小时候我们那里的情况真的跟你说的是一样的。

余　华：　在我小的时候，孤身一人、没有一个亲人的很多。现在当然很少见到了，社会已经安定了五十多年，没有战争，生活也是越来越好，尤其是生活在城市的年轻人，从小到大都没有见过一个孤寡老人。我觉得一个人的记忆决定了他写作的方向。

王　尧：　这次你到上海去，大概主要是讲这个问题，是吧？

余　华：　想谈谈文学与记忆。

怎么写好对话

王　尧：　我注意看了一下你的文章，你讲到自己在写作中的一些困扰，讲到心理描写问题，你注意到人的心理描写之于人的丰富性都是非常局限的，是吧？第二个你讲到对话问题，你讲对话是非常难写的。暑假我和莫言先生在一起，就聊到你和一些先锋作家。莫言对你小说中的对话非常称道，他认为在这些作家里，你的对话是写得非常好的。我印象里，你对你的心理描写讲得非常透彻，怎么写好对话这个问题，好像始终没人问过你，也没有看到你自己谈这个问题。莫言说你写对话有一个秘密，我问秘密是什么，他不肯讲。我看你所有的文章没有谈到这个问题，是吧？

余　华：　写完《许三观卖血记》之后，在接受访谈的时候我曾经说过，写完这部小说以后我不再害怕写对话了。莫言说的秘密我不知道，他没有告诉我。莫言是一个对话写得非常好的作家。严格意义上说，一个优秀的作家，甚至夸大一点说，一个伟大的作家，有一个前提，就是必须把对话写好。好多作家，你可以看着，比如两个作家，一个对话写得好，一个对话写得不好，1990年的时候他们还差不多，但是到了2000年，他们的距离就大了，再过十年，距离会更大。对话表达了作家什么样的能力？简单说就是他对生活、对世界的洞察力。莫言很会写对话，写小说的时候他会张扬那些对话，他去年的《檀香刑》，写得很好，我很喜欢那本书。威廉·福克纳的《我弥留之际》，写出了文学叙述的差异性。我举个简单的例子，他写一个乡村医生，看到一条山上的小路，觉得那条小路像一条断胳膊，那就是乡村医生的感觉。我刚开始拔牙的时候，看什么都会跟牙齿联想起来，跟那个血淋淋的口腔联想起来。我1983年年底放弃这份工作，现在十九年过去了，这种感觉就消退了，刚开始是很强烈的。写对话重要的是看起来你好像是把对话写得好，其实这是你对人物的把握，对这个世界的把握，这是非常重要的。很多这样的作家，像詹姆斯·乔伊斯，对话写得很精彩，你不能说对话写得漂亮，那是扎实。我觉得漂亮不重要，重要的是有的作家对话写得扎实，一看就知道这个作家不得了，哪怕这个作家现在还没什么名气，你还是觉得这个作家以后会不得了。对话对一个作家来说，就是他的命根子。因为叙述的那部分，相对对话来说是容易的，我在替他讲述，我可以不在乎他的语调，我用我的叙述语调就行了；当一个人物开始发言了，这个时候，难度就来了。《许三观卖血记》写了几千字的时候，我突然发现这个小说是可以由对话来组成的，我的心里突然咯噔一下，我知道一个机会来了，一部长篇小说的叙述可以由对话组成。我写了《在细雨中呼喊》和《活着》以后，我觉得自己可以写对话了，以前我都不敢写，以前我把大部分对话在叙述中交代，留一两句话让人物来说。写《许三观卖血记》的时候，我可以放开手写对话了，然后我发现对话在这部小说里起到两个作用：第一，人物在发言；第二，叙述在推进。

先锋文学的影响

王　尧：　关于先锋文学的问题，这是一个老话题了。先锋文学从一开始到现在就充满争议，误解也很多。评论界习惯把你放在这里面，而且让你打头。1990年代过去之后，你自己对这个问题有什么想法？

余　华：　在1980年代，我和苏童、格非、孙甘露还有北村、吕新，我们差不多是同一代的。吕新、北村、格非虽然比我小几岁，他们和我还是同一拨的。韩东比我小两岁，他以前是写诗歌的，写小说他是后来的那一拨。我交往多的是苏童和格非、兆言，叶兆言那个时候交往不太多，这几年我和兆言交往很多。

王　尧：兆言小说写得好，学问也很好。

余　华：兆言学问太好了。1980年代我们是接受先锋文学称号的，起码我觉得我和苏童、格非是接受的，当然他们两个人要是抵赖那我也没办法。现在我回想起来，真是时势造英雄，当然不能说我们是英雄，就是什么样的环境造就了什么样的事物。为什么会在那样的时代，出现那样的文学？我觉得应该追问一下历史，我们从1949年以后到1978年，或者是到1979年、1980年，严格说我们没有真正的文学。当然也有一些，比如老舍先生写的《茶馆》，那个时候还有这样优秀的作品出现确实不容易。巴老《随想录》是"文革"结束以后了，巴老当时的《团圆》也写得不错，当时我们看的电影里最耐看的就是由《团圆》改编的《英雄儿女》。就是这几十年中国处于文学逐步消亡的时候，世界上刚好是流派纷呈的时候，当中国的先锋派在1980年代末出现的时候，先锋主义运动在西方已经退潮了。为什么在中国出现了？我感觉是中国的文学正在追赶上去，从这个角度说，伤痕文学很重要，伤痕文学跨出了第一步，后来是反思文学，那时候我读知青写的那些小说，突然读到了陈村的两个小说《蓝旗》和《我们曾经在这里生活》，我当时就喜欢这个作家，反思文学在我看来是从陈村的小说开始的，也许我的阅读很有限。此前读到的那些知青作家，写的小说都是在控诉，就是诉说他们受了多少苦。到了陈村，艰苦的生活在回想时有很多美好的记忆。我们读伤痕文学的时候，我们读到了一段历史一段现实，但是没有读到记忆，陈村的《蓝旗》和《我们曾经在这里生活》，我读到了记忆，只有记忆，才会公正地去对待往事。反思文学比伤痕文学往前跨了一大步，接下去是寻根文学，寻根文学去寻找我们的根，这个又往前跨了一大步，后面就是先锋文学出现了。中国先锋文学的鼻祖其实是王蒙，王蒙从 1980 年代初就以非常激进的态度写作，王蒙在 1980 年代起到了一个非常好的而且是很大的作用。现在有些人写文章不太负责任，我觉得王蒙当时的作用是不能抹杀的。那个时候读王蒙的小说《夜的眼》，我吓一跳，二三十个字的一个句子，他的句子之长，但又写得非常清晰，这个不得了。我认为在前辈作家中，有两个作家语言感觉最好，一个是汪曾祺，另一个是王蒙。我记得当时读他的《夜的眼》，读他的《春之声》，对他的语言着迷，他对我们起到了像《红灯记》里的那盏灯的作用。这两个作家，你很难把他们归到伤痕、反思、寻根、先锋里面。汪老的语言是简洁的干净，王蒙的语言也干净，是拉长以后的干净。他们对我们这一代的作家来说是非常重要的。至于现在应该怎么看当时的文学，很简单，就是从伤痕文学到先锋文学，中国文学用短短十年的时间赶上，不能说赶上，是向世界表明我们有文学了。在此之前，我们说这个话是有些羞愧的。那么大的一个国家，又有那么多人口，不同的作家写出来的小说的风格差不多，这是可怕的。经过这样的十年以后，作家们的个性得到了充分的表达，我觉得从伤痕文学到先锋文学，作家们都是在努力争取他们写作中的个性，这是他们要争取的东西。所以我觉得先锋文学也就是起到这样的作用，通过十年的努力，起码我们有文学了，我们有个性截然不同的作家，我们有很多表达方式不同的作品，我们有了文学的丰富性。

王　尧：你后来的好多作品在德国、意大利，在国外影响很大。就像你说的，这二十年的文学显示了我们中国文学的成就。

余　华：我觉得应该是，这一点我是有自信的，以后你们也能慢慢看到。大师们，比如加西亚·马尔克斯，那是二十世纪的一座高山，我们就去仰望他们吧。我们不能以现在的成就去跟他们比较。现在西方国家的那些四十岁上下的作家，我可以说也同样无法和马尔克斯他们比较。我和莫言、阿城、苏童共同的意大利翻译叫米塔，她给人民文学出版社介绍一套当代意大利作家丛书，就是四十来岁的那些作家的书，我们每个人写一篇短序，我读了一下，都是目前最好的意大利作家，我觉得真不如我们这一代作家那么生机勃勃。我们这次在法国，我和韩少功、莫言他们一起去的。法国作家的发言，过于文本化。这些过于文本化的作家，我觉得他们会越走越窄。他们的作品我没读过，听他们发言我就知道写些什么了。我们中国作家的发言，生机勃勃。我们中国的读者读到目前在西方的比较重要的四十岁左右的那些作家作品的时候，他们就会意识到我们中国的这一代作家其实很不错。

王　尧：　那你觉得今天西方汉学界对我们的当代文学感觉怎么样？

余　华：　西方的汉学界我不能说接触得很多。有一些很优秀，有一些很糟糕。西方的汉学界跟中国的文学界是一回事，有很好的学者，也有很差的、混饭吃的学者。以前觉得中国出版社的编辑们什么都不明白，到了国外，发现国外出版界的编辑们也是这样。有好编辑，但是很少。这又让我回想到造反派写的交代材料和走资派写的一样。这世界就是这么奇怪。

王　尧：　余华，你看看大陆学术界、批评界对先锋文学最大的误解是什么？包括后来你们强调故事性，批评界认为你们是往回转、往后退，你觉得有误解是吗？

余　华：　最大的误解是把先锋文学变成了理论，不再当成真正的作品。这是一种误解，不应该这样。我们看到一个外国文学的研究学者，当他介绍某一本书的时候，读起来很有兴趣，但是他评论某一本书的文章，读起来就没有兴趣了。这是什么原因？当他介绍这本书的时候，他站在一个读者的立场上；当他评论这本书的时候，他站在一个学者的立场上。

王　尧：　你觉得批评界对你们这一批先锋作家有没有什么误解？

余　华：　批评界对我们先锋作家的误解，我觉得……

王　尧：　包括从正面肯定你们的误解。

余　华：　赞扬我们的误解和批评我们的误解，对我们来说都是一样的。我读到的第一篇写我作品的评论，是在吴亮主编的杂志《上海文论》上发表的。那个作者叫张新颖，后来我才知道那时候张新颖还是一个本科生，他那篇评论是我读得最多的，第一次看到有人评我的小说。这是一个过程，后来出现的评论，读个三五遍、两三遍，现在读个开头读个结尾，就不读了。不是说对学者们轻视，或是说对他们不在意，不是那么回事。我发现作家的思维，跟他们搞评论的思维完全不同。我作为当代作家，当代的评论家在评论我的作品时，让我来判断感觉很困难，说到自己总是很麻烦，我发现一个人，最难了解的就是他自己，因为他有非常多的潜力还没有发掘出来。所以我觉得不是误解的问题，是我们的思维方式不一样，完全不同的思维方式，不是谁对谁错的问题。反过来也一样，我相信我的作品也不会对他们的研究起到方向性的作用，因为是完全不同的思维方式；同样他们的评论也是不会对我们的写作起到什么影响，就是这样。一个是搞了十多年理论的人，一个是写了十多年小说的人，谁也影响不了谁的。

作为老百姓写作

王　尧：　我注意到你在几次谈话中都提到在有些问题上你不是知识分子立场。现在，知识分子立场与民间立场这些概念有些混淆。我想知道你究竟表达的是什么意思。

余　华：　上次莫言来讲演的一个题目"作为老百姓写作"，

就是一个非常好的立场、一个非常好的说法。中国的知识分子的毛病是觉得自己高于老百姓，他们总是要为别人的命运做出安排，问题是你想想，你不也是个老百姓吗？他老忘记自己也是老百姓……中国的知识分子有个大问题，总是找不到自己的位置，处于是与不是之间，你说他是老百姓，他不承认。当然知识分子是一个宽泛的名词，就看我们怎么去理解。中国现代文学像鲁迅这样的知识分子，当然是非常优秀的代表。我们从这个时代来理解那个已经过去的时代，而那个已经过去的时代里面那种很龌龊的东西被埋葬以后，留下的都是闪闪发亮的名字，这时候发现知识分子作为一个代表的话，是过去一个时代的意义了。

王　尧：　如果知识分子立场指的是自由、批判，你赞成吗？

余　华：　那我当然赞成。

王　尧：　你反对的是那种高于普通百姓的一种姿态，是吗？

余　华：　我就觉得国内的知识分子普遍不知道他们要什么。农民、工人，他们非常明确要什么，我要一套房子，我要一个什么，我希望我的基本工资能够再涨一点。知识分子在表达他的要求时，你听不明白，你不知道他要什么，你感觉他什么都要，把宇宙给他，他还嫌不够。

王　尧：　但是到现在为止，不仅是我，可能我们在座的，都毫不犹豫地认定你是一个知识分子。

余　华：　那我是从鲁迅那里过来的。（笑）

王　尧：　网上倒是有人认为你是接近于鲁迅的一个知识分
　　　　　子……

余　华：　开个玩笑。（笑）

王　尧：　换个轻松一点的话题，你看你到苏州大学来讲演，
　　　　　女生都很兴奋啊。你是否能够通过一部作品来追述
　　　　　一下你在叙述和描写女性时的那种心理状态？

余　华：　我今天谈走上文学创作道路时谈了我遇到的困难，
　　　　　还有一个困难没谈，就是刻画女性。我现在正写的
　　　　　这部作品就是要解决这个困难，因为还没有完成我
　　　　　不好说，只有完成了以后我才能说我认识了这个问
　　　　　题。严格意义上说，从我刚开始写作到几年前，我
　　　　　一直不太敢写女性，我很羡慕苏童，他很能写那种
　　　　　女性，当然他是带着男性的目光去看女性，而我，
　　　　　连带着男性的目光去看女性我都有点看不明白，我
　　　　　觉得还是时间……在生活经验还有阅读经验包括写
　　　　　作经验积累了以后，我有点敢写了，正在试着写，
　　　　　写得不好我还不敢发表，就是这样。

王　尧：　你对描写女性态度这么谨慎？

余　华：　主要还是一个把握问题，女性是我们生活中非常重
　　　　　要的另一半，态度用不着谨慎。主要还是写作中对
　　　　　女性的把握……其实在三部长篇中我已经开始着重

去写女性了，许玉兰和家珍还是完全不一样的人物。

写作中的语言冲突

王　尧：　还有一个问题，是关于汉语写作、语言问题。前阵
子我想筹备一个当代汉语写作国际研讨会，像你啊
莫言啊张炜啊李锐啊，都可以作为汉语写作的个案
来做研究。上午我们的谈话也提到语言问题，像汪
曾祺，他充分显示了一种汉语写作的魅力。你提到
了自己写作中的语言冲突，我们从小写作文的时候，
就是在把自己的方言改写成普通话。

余　华：　要是当年中华人民共和国成立的时候把首都定在海
盐，那我就用方言写作，首都定在上海，陈村可以
用方言写了，在北京只有一个作家用方言写，全中
国人民都看得懂，是王朔，他的方言就是普通话、
官话。我们南方作家的问题就是这样。中国的方言
它跟西方的还不一样，西方的方言它的区域比较大，
我们海盐的方言已经到了这样的程度了，出去二十
公里就不一样了，一个镇的话和另一个镇的话又不
一样了，有些词汇也不一样了，这就非常麻烦，不
知道该如何去应付。汪曾祺的作品里几乎读不到方

言，我当初读《大淖记事》时，汪曾祺用了一个方言"倒贴"，说的是男人靠女人养着，在那个地方叫倒贴，倒贴这个词北方人也懂。汪老有一个了不起的地方，他用一点方言，他不是不用，他用的方言是全中国人民都能懂的方言。文学是一个作品，不是一个资料，不是让你去搜集民间资料。汪老给了我一种如何处理方言的启示，汪老的句子、节奏是典型的南方的，不是北方的，他是非常南方的。他语言里面的那种灵秀，北方作家写不出来，没有这种感觉，他思维缜密，北方作家粗犷，语言也粗犷。语言对我来说，就是一个不断妥协的过程，我跟汪老也有相同之处——当然汪老比我住得更久，我后来也住到北京了，北方语言的影响也会有。现在我觉得很遗憾，我有很多次机会和汪老一起出去，在大街上散步，两个人东说西说，就是不谈文学，我们谈这个话题已经没有兴趣了。我以后要写一篇怀念汪曾祺的文章。我觉得南方作家写作时，在语言上只能妥协，不仅是我，还有苏童，苏童的作品一读就是江浙味道，我的作品不像苏童那样明显，不那么明显的原因是我的血统没有苏童那么纯正，我父亲是山东人，南下的，母亲是浙江人。

王　尧：你提出了语言与血统的关系问题。

余　华：我吸收北方的东西比苏童方便，我住在北京他住在南京，这是不一样的。还有一点，你刚才说的翻译体，我是在《活着》以后翻译体的东西少了。怎样对待翻译体？翻译体也是我们的汉语，而且是我们汉语里重要的一部分，其实这样的语言有些地方是很美妙的，后来我为什么用得少了？就是我后来写的作品不太适合用这样的语言了。我刚开始写作时对语言的要求，比如说这是一个杯子，我搁在桌子上，就是简单明了的语言，但是我不满足，我觉得这样的语言不好，我需要从几个角度来描述这个杯子，自然翻译体的味道就出来了，那是西方的强项，因为西方的语言——无论是英语还是法语，都是靠后缀来完成的，汉语句式的精华是排比句，为什么我们最早读的文言文没有标点符号，它不需要，节奏断了，句子也就断了，汉语是靠节奏的，西方语言是靠旋律。当初有些作家莫名其妙，汉语是不能学乔伊斯的几页没有标点符号，像文言文，当然标点也是舶来品，从西方引进的。汉语是靠节奏感，节奏完了以后它就完了，一个句子完了可以喘一口气了，可以读下一个句子了。西方语言是充满旋律感，有一次刘禾从美国打一个电话过来，让我给她查中文版的《追忆逝水年华》中的某一段，我查完了复印好了传真过去，她一个电话打过来，说太吃惊了，我说怎么吃惊，她说法语原文是没有标点符号的，汉语里充满了标点符号。法语原文是写一个入睡的过程，一页左右，让你感觉语言越来越慢。我不懂法语，刘禾是这方面的权威。我说汉语必须要有标点符号，汉语是一种节奏的语言。翻译体出来以后，我觉得增加了汉语里的旋律感，以节奏为基础，就是"以节奏为基础，以旋律为准则"了，所以今天的汉语变化很大了，它的旋律感已经加强了。还有一点，从文言文向现代白话文转化过程中，有很多民间的语调，在民歌民谣里面，旋律感已经出来了，已经出现了很多旋律感的东西，这两种语言现在已经结合得越来越完美。有时候还是会觉得悲哀，我重读鲁迅的小说，全部读完了，我对汪晖说，我们现在的语言快一个世纪了，除了增加词汇别的没干什么，鲁迅的白话文已经是完美成熟了，你去读他的白话文，太好了，我们仅仅在这个基础上增加了一些新词汇而已。在我看来，中国的白话文到鲁迅那一代其实已经完成了，这有点像意大利语一样，以前没有意大利语，就是因为但丁写下了《神曲》，他是用佛罗伦萨的地方语写的，那个《神曲》太有名了，就成了意大利语，后来整个意大利全部说这样的语言，这非常了不起。这也是文学的一种功能，一部伟大的作品终于统一了一个国家的语言，有了国语，本来他们没有国语。鲁迅他们把文言文转成

白话文，就相当于整个世界留在我童年中的印象是
一样的，后来的作家能做的就是修修补补的事了，
就是使汉语的表达变得更丰富一点而已，这个基
础是鲁迅这代作家定下来的，我们现在用的还是
他们的语言体系。

王　尧：　还有个问题，关于短篇小说写作问题。我和张炜也
讨论了这个问题，现在大多数作家好像都不想写短
篇了，为什么放弃短篇小说写作？

余　华：　没有放弃。中国有非常多的文学杂志，全世界的文
学杂志加起来恐怕还是没有中国多，我的统计是
一百多家，王蒙统计一千多家，王蒙是把地区的也
加上，地区的也应该算，像以前我工作过的《烟雨楼》，
就是属于地区的。文学杂志的需求主要是短篇中篇，
我们这一代作家都是，没有人能跑得了，个个如此，
莫言也好，铁生也好，安忆也好，你看谁跑得了，
都是先写短篇，短篇写熟了写中篇，中篇写熟了再
写长篇，很多都是写了长篇以后就不回去了，因为
他觉得长篇更适合，我就是更喜欢写长篇，苏童一
直在写短篇，他喜欢写短篇，也写得很好，几乎每
一篇都很精彩，这一点是很罕见的，所以苏童自己
也一直认为，他写得最好的是短篇小说，而给他名
声带来最大的是中篇小说，他自己这么认为。我觉
得还是跟作家的个人兴趣有关，有些作家比如安忆，

我感觉她的兴趣在长篇。从我个人来说，我觉得写长篇小说像是端上了铁饭碗，暂时不用考虑下岗的问题，写中短篇是打短工，干一把，挣一笔钱就回家了。长篇小说给人感觉像账房先生一样，每天拨拨算盘，算算这一天挣了多少钱……

王　尧：　你这比方有意思。

余　华：　滴答滴答的算盘珠子的声音，属于这种，不是长工也不是短工。有些作家还是喜欢写相对短的，比如池莉，她喜欢写中篇，她有中篇的感觉——当然她没对我这么说过，她这一次获《大家》文学奖的《看麦娘》真是写得很好，我很喜欢这个中篇小说。很多作家的道路是一样的，先短后中再长，最后发觉更喜欢写什么，就写得最多，就是这样，没有别的解释。

2002 年 4 月

我想写出一个国家的疼痛

我并没有发明故事

王　侃：　《兄弟》出版后，你遭受到了前所未有的质疑。且不说这种质疑的不同动机与某些错讹，我倒是积极地看这种质疑。我认为，这种质疑反映了一个前提，即读书界对于余华的阅读期待一直处于一个紧张的、令人窒息的高度。是《在细雨中呼喊》《活着》《许三观卖血记》给我们堆砌了这样的高度。那么，你是如何定位《兄弟》在你的长篇小说家族中的地位？它真的如你所说，是超越了以往所有写作的、包括超越了《活着》和《许三观卖血记》的一次自我提升，还是仅仅是意气之说？

余　华：　我应该怎么来回答这个问题？首先，《兄弟》所受到的批评确实非常猛烈，但这种"猛烈"是有原因的，因为它刚好遇到了一个信息化、网络化时代，所以这种批评其实又被夸大了。《兄弟》出版至今，仍然存在两种不同的批评意见，赞扬有之，批评有之，只不过各自的阵营无法估算。但是我认为存在一个现象，即媒体把批评声音夸大。不过，也确实有很多批评家不喜欢这本书，他们也是发自内心地不喜欢，而不是别的什么原因。这个问题我想是这样的，这可能跟我们从事中国当代文学研究的学者和批评家们长期以来的阅读习惯有关，他们除了大量阅读理论方面的书籍外，基本上只读中国的现当代文学作品，或者说只读当代文学作品，连现代文学作品也不怎么读了，更不要说中国文学之外的世界文学。作为一个比喻，你可能只是在一栋房子里生活，你熟悉这栋房子的全部结构和建筑风格，但是你可能不熟悉更多的不同风格的建筑和不同风格的室内设计。所以这是一个原因，《兄弟》在中国读书界的反应和在西方读书界的反应是那么不一样，在西方虽有一些持保留态度的文章，但极少，可以说，这部作品在西方几乎没有争议。而且，西方读书界也并不是从政治角度，而是从文学的角度来评价这本书的。这种反差，我认为可能跟阅读的习惯有关。西方的文学批评是分成两个类型的：学院派的研究和为杂志撰写书评。这两者之间的差别很大。写书评的阅读量非常大，每年可能要读一百本书，因为他两三天就可能要写一篇书评，但在大学里做研究的学者，他对在世的作家的研究，一生可能不会超过三个。我问过国内的一个著名批评家，问他曾为多少中国作家写过评论，他说有七十多个。他的阅读量是惊人的，但从另外一个方面看，他的阅读其实又是很单一的。我想这也是《兄弟》在中国遭受质疑的一个重要原因。

我个人对这部作品的评价，首先，我认为，一个作家最喜爱的一本书，未必是读者最喜爱的，也未必是文学史最肯定的。从一个作家的角度来说，我认为《兄弟》对我来说是一个巨大的机会，因为中国再不会有这样的四十年了，起码在我有生之年不会再有这样的四十年了。《兄弟》出版后，我也说过这样的话，但马上有批评家说，谁不知道"文革"时代与今天这个时代有着翻天覆地的变化，有着天壤之别？谁不知道？——是的，我相信，只要是从"文革"生活到今天这个时代的中国人一定都能感受到这种巨大变化，谁都知道。但问题是，是谁第一个这样写出来，就像《许三观卖血记》在1995年出版时，我不知道在河南会发生艾滋村的血液污染事件，但我知道，卖血的事情在中国至少有五十年了，至少 1949 年以后就存在了，因为我从小在医院里长大，我看着那些农民到医院里来卖血。为什么存在了那么久的一个事实一直没人去写？作家并不是要发明这个世界上所没有的故事，而是要把在这个世界上存在已久的故事写出来，因为它存在得越久，它就越有价值。我并没有发明故事，但我为自己感到高兴的是，我把卖血这样一个存在了半个世纪的故事写出来了。《兄弟》所反映的两个时代翻天覆地的变化，起码没有人用像我这样的方式去写。为什么说《兄弟》可能是我一生中最重要的作品，是因为我不太有信心将来还能遇到如此宏大的题材。我能够再写像《许三观卖血记》或《活着》甚至《在细雨中呼喊》这样的从某个角度切入的作品，这样的作品可以再写很多部，只不过换一个人物或换一个时代背景而已，但《兄弟》这样的作品只能写一部。这是命运对我的厚爱，让我经历了这样两个时代，让我以这样的方式去把它写出来。我以后没办法再写这样大的作品了，这就是我为什么认为《兄弟》这本书对我最重要的原因。除非中国还会遇到巨变，但这种可能性不大。没有这样的时代巨变，你是很难写出这样的作品的。《兄弟》里的一些人物，尤其是李光头这样的人物，刚开始人家不接受，但现在人们知道这样的人其实很多。我不是意气用事，而是由衷地认为，《兄弟》确实可能是我一生写作的高峰。

我的一个英文译者，中文名叫白亚仁，是美国的一个大学教授，兰登书屋出版的《在细雨中呼喊》就是他翻译的，今年兰登书屋还将出版我的一个短篇小说集和一个随笔集，这两本书也是他翻译的。他来到中国时告诉我，他曾和几个中国的批评家们谈起《兄弟》这本书在美国和法国得到了非常高的评价，这几个批评家说，那是因为美国人、法国人没有读过我以前的《活着》和《许三观卖血记》。我听说后就笑了。你也知道，大量的国外评论，都反复提到了《活着》和《许三观卖血记》。他们显然是读过《活着》和《许三观卖血记》的。那么他们为什么还是认为《兄弟》是我最伟大的作品（外国人的这个措辞让我不好意思）？他们其实也有他们的标准，以此来对我的长篇家族进行比较和定位的。国外文学界、批评界对《兄弟》的热烈赞扬也巩固了我对这本书的自信。因为他们的赞扬是从文学而不是别的角度来进行的。

作家的性格和运气

王　侃：　在某个场合，我曾听到一些作家谈论说，《兄弟》
　　　　　让余华写作中的一些弱点暴露无遗，这包括技术上
　　　　　的毛病和文学准备上的仓促。这些弱点以前并不是
　　　　　没有被发现，只是以前不被谈论，因为我们不能要
　　　　　求一个作家是全能作家，尤其是，余华是那样一个
　　　　　风格鲜明，并且无论从哪方面来看都是一个大获全
　　　　　胜的作家，所以，在那样的一种语境里讨论一个作
　　　　　家的局限是不合适的，而且有吹毛求疵的不厚道。
　　　　　但《兄弟》被认为是一次错误的写作，是弱点的大
　　　　　展示。我想这样来提问：你是如何看待你写作中的
　　　　　软肋的？你清楚地知道自己的阿喀琉斯之踵吗？

余　华：　作为我来说，我认为写作中的一种感觉是很重要的。
　　　　　这种感觉可以用一个很简单的词来概括，就是一种
　　　　　"状态"。作家只要进入那样一种状态，他就会知
　　　　　道自己那样写就是对的。《兄弟》写作就是让我进
　　　　　入了这样的一种状态。我以前不是还有一部更长的
　　　　　小说嘛，我为什么放下了，因为我一直没有感觉到
　　　　　进入状态，进入那种忘我的、疯狂的状态。（插问：《兄
　　　　　弟》的写作，每天大约以一个什么样的进度推进的？

余华:《兄弟》下部中有那么十一万字的写作对我来说是个奇迹,大约十多天就写出来了。)我在写作上是个比较慢的人,但一旦进入状态就特别快,像《活着》就写得很快,《许三观卖血记》也写得很快;《在细雨中呼喊》稍微慢一点,一个重要的原因是因为我当时的生活出现了变故,影响了我的写作,在北京写了一半,再回到嘉兴写了一半。以我一般的写作速度,我认为每天写两千字就已经很多了,但在写《兄弟》时,如果我一天的写作低于五千字,我就会认为写得少了。那时真是一个奇迹,我觉得我进入了一个非常有意思的睡眠状态:我每天大概在凌晨四五点钟时躺下,然后有一小时的大脑皮层的兴奋没有消失,大约到天蒙蒙亮时才睡着,一觉睡到中午十二点左右才醒来,午饭后稍事休息就开始写,写三个小时,到下午四点左右再休息。这三个小时有一多半的时间是在修改前一天写的东西,另外再续上一小段接下去要写的内容。晚饭后再睡上两三个小时,我最好的状态是晚上十点钟重新开始的写作,一写就写五六个小时,这才是进入真正的创作。次日再重复这样的过程。这样的生活状态保持了二十天左右,但后来觉得身体快垮了,才没有维持下去。很怀念这样的状态,非常怀念。当一个人进入这样一种疯狂的状态时,对我来说是

非常非常快乐、幸福的，现在老盼望这样的时候能
重新回来。不知是否能回来。

王　侃：　"虚伪的作品"是你对自己"先锋"时期写作取向
的一种概括，在很多评论家的观念中，这也是先锋
文学的一份纲领性文献。当《活着》，尤其是《许
三观卖血记》发表后，有人便认为你"告别了虚伪
的形式"。你自己怎么评判这样的论断？真的是告
别"虚伪的形式"了吗？真的如时下的评论界所说
的那样发生"转型"了吗？你自己认同"转型"这
一说法吗？你认为自己在《活着》之后的状态是一
种平面的转型，还是一种自我超越？《兄弟》是另
一次转型吗？

余　华：　我不知道应该怎么来解释这样的一个过程。"虚伪
的作品"代表的是 1980 年代中后期的写作。到了
1990 年代我的很多想法出现了一些变化，主要是因
为那个时候我已经开始写长篇小说了。嗯，怎么说
呢？如果说我告别了虚伪的作品，从形式上看确实
是这样，但是，问题是我所有的作品从内核上讲都
是虚伪的，或者说是虚构的。我想，我最本质的东
西没有变，没法变，我想变也变不了。写小说和写
创作谈不是一回事，写创作谈可以很简单地说我风
格已经变了，但在小说的具体过程中，变化就很难，
叙述会带着你走向一个有时连作者自己也说不清的

方向。

迄今为止，我认为我的写作有三个重要的阶段。第一个阶段是写下了《十八岁出门远行》的那个阶段，那个时候我找到了自由的写作。第二个阶段是写下了《活着》，我以前也和你说过，《活着》最初的一万多字后来都废掉了，它用了第三人称，是用《在细雨中呼喊》那样的方式去写的，后来改用第一人称，用一种非常朴素的方式去写。《活着》给我带来的最大的一个意义就是它使我变成了这样的一个作家：当我面对一个让我激动的题材时，我不会用我过去的形式去表达它，而是努力去寻找一个新的、最适合表达这种题材的表达方式。《活着》让我突破了故步自封。作家是太容易故步自封了。因为当他用一种写作风格获得成功之后，他是很难放弃的。这不仅仅是作家，从事任何行业的人都不会轻易放弃让他赖以获得成功的手段。但是《活着》让我放弃了，逼着我放弃了。因为用我过去的方式写，写不下去，我只能用一种全新的方式去写。这就是我说过的一个很朴素的道理。像福贵这样一个人，你要是从一个旁观者的角度来看的话，这个人除了苦难以外什么都没有。就好比我们在街头看到一个要饭的人一样，我们都认为他非常苦难，但错了；即便是街头要饭的，他也有他人生中欢乐的东西，只不过是我们不知道而已，或者说他的欢乐和我们的欢乐不一样。所以福贵有他的幸福，有他的欢乐，所以为什么当我后来用第一人称让福贵自己来讲述时就很顺利地写完了，就是因为他能够告诉别人：一是他的人生，二是任何人的人生，不管其中经历了什么，其实都是有幸福的，甚至是充满了幸福充满了欢乐的。这是我写作上的一个变化。《兄弟》是我的第三个阶段。我以前的作品，先锋小说也好，《活着》和《许三观卖血记》也好，我的叙述是很谨慎的，到了《兄弟》以后我突然发现我的叙述是可以很开放的，可以是为所欲为的，所以也有人说我胆子很大。当然这要感谢我前期作品的成功，人就是这样，成功会让一个人胆子越来越大，失败会让一个人胆子越来越小。到了《兄弟》时，我认为我可以把我不同侧面的写作才华都充分地展示出来。至于有的作家说我的《兄弟》是我的"弱点的大展示"，那么我敢说，这样的作家一生肯定只会用一种风格写小说的，我百分之百地肯定，只会用他最初赖以成功的方式。我以前在和朋友交流时也说过，当一个作家达到某一个高度以后，再往上走就不是才华了，而是性格。有些作家的性格中就有很多保守的成分，另一些作家的性格中则具有勇往直前的成分，具有充满闯劲的精神。我觉得我属于后者。此其一。第二，有一些作家的作品能流传开来，除了性格之外，还有运气。一个作家必须在最适合写这本书的时候写下了这本书，那这本书肯定是意义非凡。我觉得《兄弟》就有这样的运气成分。我1995年时开了个头，当时想给明天出版社，被纳入他们的一个丛书的出版计划，我当时想把童年那部分写完让他们出的，结果是开了头之后一直没写下去。我认为这里就有一个运气，因为我在1995年的时候感觉中国的变化已经很大了，但到2005年时出版《兄弟》上部时再回头看看，1995年的变化算什么？根本不算什么。到了今天，才是巨变。非常有意思的是，2006年出完《兄弟》下部后，2008年北京奥运会后，全球金融危机后，中国的经济又出现滑坡了。此前三十年的疯狂，在以后的中国，不会再有了。这就是一种运气：我从一个高点，写到了另外一个高点，中间跨越了一个低谷。这也是我为什么说，像《兄弟》这样的作品我以后不会再写了。虽然我很想再写几部这样的作品，可是我没这个机会了。不是说一个作家想写什么就能写什么的。性格和运气，这两者对我来说非常重要。

《兄弟》内外

王　侃：　在你的"先锋"时期，在一个言必称卡夫卡的学徒
　　　　　阶段，在一个主要借助个人想象力构建文学世界的
　　　　　笔耕年代，没有人追究过你作品中的"细节失真"。
　　　　　但《兄弟》却被一再究诘于"细节失真"。这里有
　　　　　个前提预设，即《兄弟》是部写实主义的作品。你
　　　　　认为是这样吗？如果它不是一部写实主义作品，你
　　　　　为何又一再举隅说明真正的现实比作品更为荒诞？

余　华：　这是一个非常奇怪的观点。首先我并不认为《兄弟》
　　　　　是一部写实主义的作品。如果有人认为《兄弟》是
　　　　　写实主义作品，那起码他们在对写实主义的认知上
　　　　　与我是不一样的。我不知道他们对写实主义是一种
　　　　　什么样的理解，如果说《活着》是一部写实主义的
　　　　　作品，我同意，但是《许三观卖血记》我不认为它
　　　　　是一部写实主义的作品。有一个观点很有意思，《许
　　　　　三观卖血记》在中国和在西方受到的评论截然相反，
　　　　　中国的批评家们把《许三观卖血记》说成是一部传
　　　　　统的小说，而西方的批评家们把它称为是一部现代
　　　　　主义的作品。我曾经问过美国一个很著名的作家，
　　　　　阿里尔·多尔夫曼，他认为《许三观卖血记》是一
　　　　　部了不起的现代主义作品，我问他：中国的批评家

们都认为这是一部传统小说，你为什么认为这是一部现代主义作品呢？——他就笑了。他说，衡量一部作品是传统的还是现代的，要看这部作品在时间的处理方法上，而《许三观卖血记》在时间的处理上是一个典型的现代主义式的处理。比如，许玉兰生孩子一节，只有两页，但是，十年过去了。这显然不是传统小说里有的，传统小说里是读不到这样的时间处理方式的，相反，这完全是现代主义式的。

说到《兄弟》，它也不是写实主义的。小说中的"处美人大赛"在中国没有发生过，中国有大量的选美比赛，但没有"处美人大赛"，"处美人大赛"不是写实的。另外，那个垃圾西装，虽然在 1980 年代初有很多很多人穿日本或者韩国进口过来的二手西装，但也没有像在刘镇这样的互相打听西装出自哪家。这些都不是写实的。虽然有现实依据，但不是写实的。包括小说第二章，李光头用林红的屁股去换三鲜面，这哪是写实主义的小说？它不是，它绝对不是写实主义的小说，虽然里面有某些现实的依据。法国的一篇评论曾说《兄弟》里结合了小说的所有的表现风格，最近，《新苏黎世报》把《兄弟》称为"世界剧场"，它里面什么都有，它融合了史诗、戏剧、诗歌，曾有过的文学表达方式它都涵盖了。

德文的《时代周报》也称《兄弟》是一部具有划时代意义的小说，"是一种全新的风格"。时至今日，我可以这样说，《兄弟》的写作无从拷贝，起码中国没有过这样的作品，从西方的批评反应来看，他们也不曾有过这样的作品。这是一部将许多叙述风格放置到一起的作品，可能有的作家不喜欢这种众声喧哗的作品，认为我在走向误区，但从我的角度看，起码我认为这是一部很和谐的作品。我举一个例子，当年法国印象派音乐的代表人物之一萨蒂，他是一个钢琴师，他长年在巴黎蒙马特高地的一家酒吧里弹琴，他也写了非常多的钢琴小品，他的钢琴小品可以用完美来形容。他对瓦格纳的作品是极其厌恶的，他认为瓦格纳作品太过嘈杂，无风格可言，认定瓦格纳是有史以来最糟糕的作曲家，他很惊讶于很多人对瓦格纳的喜欢。但是，萨蒂是一个浪漫的人，是个喜欢在酒吧里呷着鸡尾酒和香槟的音乐家，他不是一个疯狂的天才，而另外一个疯狂天才凡·高有一次偶然中听到瓦格纳的音乐后被震撼住了，他说他为自己的绘画找到了灵感出路了。为什么呢？他发现，当你把不同的事物强化以后，再强化，然后不断再强化以后，会形成新的庞大的和谐。我们以前对和谐是这样理解的：首先它应该是宁静的，然后事物间是对称的、平衡的。不对！凡·高对瓦格纳的音乐理解是，他发现还有一种更加强大的和谐，是对嘈杂、混乱、疯狂加以强化后形成的和谐。我去过很多欧洲的城市，也去过一些宁静的城市，比如罗马，它有一种优美、和谐、古典的风格，而另一个城市，阿姆斯特丹，则是一个乱糟糟的城市，有很多看上去一百年没洗过的墙面，街上的自行车横冲直撞，但你突然间也会感到这个城市也是那么地和谐，因为它就是把这些我们认为所谓不美的东西交融在一起，有一种异样的美，它的自行车停车场有我们的汽车停车场那么大，自行车则堆放得像金字塔一样，我都不知道他们该如何取车，你走过的所有的路旁，有邮筒或路牌的地方，必然绑锁着五六辆脏兮兮的自行车。阿姆斯特丹中间有一条海流，乘船游览，你会觉得这是欧洲最为混乱的一个大城市。但所有去过阿姆斯特丹的人都跟我说：阿姆斯特丹太美了。按我们一般的标准来看，这个城市又脏又乱，但是，它生机勃勃，它的美源自它的生机勃勃。为什么凡·高能在瓦格纳的音乐里感觉到和谐，因为这种和谐已经不是德彪西的和谐，也不是印象派的和谐，而是生机勃勃的、汹涌澎湃的和谐。所以，美学应该是没有标准的。但是我们总是人为地去给它设置一些标准。

王　侃：　尽管西方文学批评界对《兄弟》的评价并不是从政

治角度来下结论的，但以我对这些评论的阅读来看，政治评价仍然是一个很重要的方面，换句话说，在西方文学界仍然把《兄弟》视为一种政治小说，尽管有时候也把《兄弟》称为"流浪小说""大河小说"等，但我觉得政治仍然是他们对《兄弟》进行解读时的重要取向。但中国的批评界很少有看到做这样的解读的。

余　华：　更准确地讲，西方批评界把《兄弟》看作是一部社会批判小说。我觉得有一个非常奇怪的现象，中国的批评家认为我在先锋时期最具有批判精神，但是西方的批评家却认为《活着》《许三观卖血记》才充满批判精神。我告诉他们，《许三观卖血记》的片段已被收入中学语文教材，他们听了更是惊讶不已。中国的批评家认为从《活着》起我就开始"妥协"，就开始所谓的"温情主义"，而西方的评论则恰恰相反。到了《兄弟》，西方的评论都认为它是一部批判性极强的小说，而中国的批评家则说我在媚俗。但从我个人的角度来说，我真的不认为我先锋小说的批判性强于《活着》和《许三观卖血记》。你要说《兄弟》是一部政治小说，我也同意，为什么？因为《兄弟》是我迄今所有的小说里批判性最强的一部。因为所谓政治小说，就是强调其批判性。还有一种政治小说，像乔治·奥威尔的《一九八四》，虽然纯属虚构，但其实它的内在也还是一种批判性。

《兄弟》前后

王　侃：《活着》发表后，便有人认为你开始了"通俗化"
　　　　的写作，直到《兄弟》问世，更被一些人认为是取
　　　　媚于市场的写作。与此同时，也有人用拉伯雷和《巨
　　　　人传》来为你辩护，认为你的写作之于中国文学是
　　　　一种新的审美形态，是一种融合了高度民间智慧与
　　　　民间美学的历史叙事，有着与通俗化和人众化看似
　　　　相近实则迥异的文学修辞和价值取向。文学批评中
　　　　的见仁见智本是常事。但针对你的写作而出现的两
　　　　极化的评价却很不寻常，它意味着对中国当代文学
　　　　的批评与认识出现了难以调和的分裂。撇开一些无
　　　　聊的攻讦不说，你个人认为针对你的批评，哪些是
　　　　切中肯綮的？哪些又是谬之千里的？

余　华：我已从事写作二十多年，我写作的半辈子已过了（我
　　　　最多能再写二十多年吧，我如果能写到七十岁，那
　　　　就很牛了）。这期间，我遇到很多的赞扬，也遇到
　　　　过很多的批评。赞扬当然会使人很高兴，批评有时
　　　　会让人恼火，但是随着时间的流逝，无论是赞扬也好，

批评也好，我都能够去正确地对待了。为什么我就一直不喜欢开我的作品研讨会？说实话，我最害怕的不是别人当面批评你，我最害怕的是别人当面赞扬你。这是个很难受的事情。

你刚才提问中说到的一个现象，很有意思。《活着》现在确实非常成功，现在每年能够印十万册左右，这是我都无法想象的一个成功。《兄弟》之所以成功，某种意义上是靠《活着》和《许三观卖血记》，假如没有这两部作品为我铺垫了那么多读者的话，《兄弟》不会有现在这样的成功。但是有一点，批评家们应该注意到这一点，《活着》是1992年发表的，《活着》的第一版印了两万册，到了1998年都还没卖完，那个时候没有一个批评家说《活着》是为市场写作的，后来，到了1998年重印之后，阴差阳错地就卖得好起来了，一直到现在。所以，《活着》在市场上受欢迎，是在它发表、出版六年以后才发生的。为什么在发表、出版之初的六年里，你们不说它是为市场写作的呢？为什么要等它卖好了才说呢？所以，这个论点是站不住脚的。《兄弟》一出来就受欢迎，所以批评家们的观点可以讨论。而对《活着》的批评，我认为连讨论的必要都没有。

《兄弟》之所以获得成功，这是没办法的事情。为什么呢？因为我已经受到读者的高度关注了，同时我又十年没有写新书，书一出来，必然会受到媒体的大量关注。至于说我在这本书出版后接受了很多采访，是的，确实如此，但我们想想其他的那些作家在新书出版后的做法。我记得当年某个著名作家的一部长篇小说出版时掀起的浪潮更大，十多个文学杂志同时发表他的小说片段，无数媒体铺天盖地采访。确实有一个作家是不接受采访的，就是王安忆。《兄弟》出版后，我只在四个城市做过签名售书，可是媒体却把我说成去了四十个城市，就夸大了。《兄弟》上部出版后，我遇到阿来，跟他说：有人说我发明了上下部分开出，你那个《空山》不也只出了个上部吗？格非的《人面桃花》不也只出了个第一部吗？我为什么要举例阿来的《空山》和格非的《人面桃花》，因为他们和我的《兄弟》是同时出版的，他们也都只出了上部，这个上下部分开出版的发明权怎么就归我了？在我之前还有《李自成》呢。所以我觉得我们的一些媒体，包括有些评论家，是不讲事实的，自己想说什么就说什么，完全不顾摆在眼前的事实。我和阿来说，你《空山》出上部就可以，我《兄弟》出上部就不可以，而且我《兄弟》的下部比《空山》的下部出版得还早呢，真是没道理。我相信，当我的下一部新的长篇小说出来时，媒体仍然会高度关注，读者仍然会很关注。就像《活着》

《许三观卖血记》为《兄弟》做的铺垫一样，《兄弟》
也为我的下一部做好了铺垫。

王　侃：　下一部长篇会让读者等很久吗？要知道，从《许三
观卖血记》到《兄弟》，居然是十年。

余　华：　你的意思，我还可以再磨蹭五年？其实，人生有许
多的经验等到发现时可能都已经晚了。这次在法兰
克福书展时，苏童跟我说——苏童其实是个非常热
爱写短篇小说的作家，他的短篇小说可以说几乎每
一篇都是好的，他写了数量惊人的短篇，几乎没有
一篇是弱的，这本身就不容易。我写随笔写了四五
年，突然发现我应该回来写长篇。因为写长篇对身
体和记忆力的要求很高，写随笔的要求相对低——
这次苏童对我说，他也发现这个问题了。短篇小说
应该老了以后再写，现在应该多写长篇。我们都共
同经历了这样一个经验：当你发现的时候，一晃，
五六七八年过去了。我倒不是为了吊人胃口才要在
五年后再给读者一个长篇，《兄弟》在国外的巨大
成功以后，我又面临一个新的问题，这是我以前没
有面对过的。虽然《活着》《许三观卖血记》也在
国外陆续地出版，但我还真没有为此到国外做过宣
传。《兄弟》是第一次。等到写完《兄弟》之后一
年多，我开始写新的长篇小说的时候，《兄弟》在
国外的出版高峰到了，就要求你去做宣传，你就得

去。这也是一个经验。这样一耗，又一两年去掉了，从 2008 年到 2009 年，我基本在国外奔波，跑得人都疲惫不堪了。我发现这也没什么太大的意义。但出版商要求你去，某种意义上，出版商请你去的话还是对你的重视。哈金说，很多美国作家都抱怨，说他们的书出来后，出版商没有请他们去跑。但我以后如果再出新书的话，我不再跑了。国内也不跑，国外也不跑。因为我已经五十岁了。这都是人生的经验，等你悟到的时候已经晚了。

对先锋文学的所有批评都是一种高估

王　侃：　你作为一个作家，不是从"先锋"开始的，但却是因为"先锋"而被读者和文学史所铭记的。从目前坊间流传的各种版本的余华作品集来看，你本人也把自己的文学起点定位在"先锋"时代。曾有一个访谈，你在其中称自己是"永远的先锋派"，而在另一个访谈中，你则称另一名著名作家才是"真正的先锋"。我想问的是：什么是"永远的先锋"，什么又是"真正的先锋"？

余　华：　"永远的先锋"是对自己而言的。就是你不断地在往前走，不能在一个平面上打转，这就是一个永远的先锋，只要不断地往前走，哪怕写下了失败的作品，没关系，他仍然是先锋。至于"真正的先锋"，我想是指一种精神和思想层面上的东西，是一种敏锐。这已经不是一个形式主义时代了，今天这个时代已经没有任何新的形式了。就叙事来说，国外的评论之所以把《兄弟》称为是"全新的小说"，那是因为《兄弟》把各种不同的叙述方式糅在一块儿了；他们所谓"全新"，其实也不算新。所以我觉得，作为真正的先锋，我认为就是一种敏感。1995 年写卖血的故事比之 2005 年写卖血的故事，就是一种"先锋"。河南艾滋村事件出来之后，多少人去写那个报告文学，对于文学来说，那已经不算什么了。2005 年和 2006 年出版《兄弟》这样题材的作品，比之十年之后出版类似的作品，当然也是"先锋"。这就是一种敏锐性。我还是认为我两者兼备。可能有人不同意，那是他们的事情。

王　侃：　前些天读了一篇文章，其中谈到先锋文学。这篇文章从启蒙角度切入谈论先锋文学，认为先锋文学不具备思想启蒙的意义，最多也只有文学启蒙的意义，并且正是由于它的表演性冲淡了它的启蒙性。现在回头看当年的先锋文学，你自己对它有一个什么样的评价或定位？

余　华：　我的先锋小说里也有一些是具有批判性的，像《现实一种》《一九八六年》，是吧？

　　我很难去谈论整个先锋文学。中国的新时期文学，从"伤痕""反思""寻根""先锋"，四个流派，十年就经历完了，够快的。我始终认为，对先锋文学的讨论，至今没有真正意义上的评估。因为我们的当代文学研究是属于那种与时俱进型的，喜欢追新逐异，除了当年陈晓明等人为先锋文学写下一些论文后，这样的讨论慢慢开始少了。其实从个人的角度来说，我认为，从"伤痕"到"反思"，到"寻根"，到"先锋"，这是一个中国当代文学的成长史。我认为先锋文学最多是大学毕业，甚至是中学毕业。真正成熟的文学，是在先锋文学之后，再也没有什么流派了，作家们也不容易归类了，当作家们很容易被归类时的文学都是不可靠的。你看，法国的"新小说"是可以被归类的，但我可以说，"新小说"在世界文学史上已经没有地位了，在今后的法国文学史上地位仍然也不会太高。先锋小说，有时就被人称为"实验小说"，我认为"实验小说"的提法比"先锋小说"更为准确。但是必须要看到，一些先锋作家，如马原、残雪、莫言、苏童等，他们的作品，或者在思想启蒙性上，或者在艺术启蒙性上，都是高于同时代的其他作家和作品的。不过，

这个"高于"究竟有多高，我看也并没有多高。从
1978 年到 1988 年，中国文学出现了四大流派，中
间还包括一个"新写实"，太密集了，用一句与时
俱进的话来说，优秀的文学是不会用劳动密集型的
方式产生的。我认为，写作的分化才是文学成熟的
标志。到现在为止，不管别人如何批评先锋文学，
我认为他们对先锋文学的批评，其实都是把先锋文
学高估了。别说是思想启蒙，称先锋文学是文学启
蒙，我都认为是给先锋文学贴金了。先锋文学没那
么了不起。它还是个学徒阶段。在经历了"大跃进"、
经历了"文革"之后，我们的中国已经没有文学了，
那个时代我们所有的作家，写小说的风格都是一样
的。一个有十几亿人口的国家，用一种方式写小说，
这是可怕的。那些小说，唯一的不同就是题材的不
同：你写农村，我写工厂；你写教育，我写知青。
但其实写作方式都是一样的。所以，从"伤痕"到
"先锋"，这十年间，我们只是完成了一个学徒阶
段。从此之后，中国文学不再是一个徒弟了。当然，
是否能成为师傅，现在还很难说。可以这么说，"寻
根""先锋""新写实"标志着中国文学的学徒阶
段结束了。仅此而已。

我想写出一个国家的疼痛

王　侃：　接下来的问题，算是老生常谈，但却是每个作家都必须认真面对的问题。前些天我读乔治·奥威尔的一本随笔集，其中有篇文章就题为《我为什么写作》。奥威尔认为作家的写作通常有四个动机：一是纯粹的自我中心，想出人头地，满足虚荣，希望成为别人的谈资等；二是审美的热情，他认为火车时刻表以上的文字或书写都应该具有美感形式；三是历史方面的冲动，这是一种讲述历史事实、揭示历史真相的冲动；四是政治方面的目的，所以他认为他的写作是为了社会公正，他之所以要写书是为了揭露政治谎言。这四种动机是共存的，但在作家写作的不同时期会有所侧重。奥威尔就认为，他后来的写作就是一种政治写作，离开"政治"，他的写作一文不值。你在讲述自己的文学生涯时，多次提到过从牙医到文化馆创作员的身份转换，提到那样的转换是出于对生活境遇的追求。但"为何写作"对于现在的你来说，一定别有意义吧？

余　华：　我曾写过一篇随笔，也叫《我为何写作》，讲述自己如何从一个功利的起点出发，最后获得了一种精神的升华。我认为写作可以使一个人的人生变得完整起来。一个人总会有很多欲望、情感在现实生活中因为种种限制无从表达，但可以在虚构的世界里得以表达。我也说过，写作让我拥有了两条人生道路，一条是虚构的，另一条是现实的，而且随着写作的深入，虚构的人生越来越丰富，现实的人生越来越贫乏。现在让我来回答"我为何写作"的问题，我想，可惜乔治·奥威尔早逝，如果他活到七十岁，关于"为何写作"的问题他会给出四十个而不是四个答案，或者，甚至，他一个答案都没有。我现在也一样，我觉得"为何写作"的理由就像这个世界上的道路一样多。

我昨天在杭州，为我即将在国外出版的一本随笔集写了一个后记。这个后记里用了我以前写过的一篇文章，也是给一家意大利的杂志写的一篇文章，这篇文章后来也在《作家》杂志发表了，题目叫《中国早就变化了》。我写了一个我亲历的故事。1978年，我刚刚去牙科医院报到时，由于我是医院里最年轻的，所以夏天打预防针的工作全落到我头上了。那个夏天，我基本上每天都戴着草帽背着药箱外出打针。我的任务对象是工厂和幼儿园。那个时候没有一次性的针筒和针头，消毒也是极其简单，就是用自来水冲洗一下，然后放在铝盒里像蒸馒头一样蒸上两小时就算是消毒了。第二天，等它凉了，我

再把它放进药箱去给人打预防针。由于当时的物资
条件非常贫乏，那些针头都是有倒钩的。这件事对
我来说是铭心刻骨的。我第一天去打针的时候，去
的是工厂，给人扎针后，针头拔出来会钩出带血的
肉粒，那些工人啊，卷着袖管，排着队，非常有秩序，
没有人哭的，当然有人呻吟了一下。我也不在意，
我心想反正每年使用的都是有倒钩的针头嘛。到了
下午去幼儿园，简直是惨不忍睹，哭声一片。而且
三岁到六岁的小孩，因为皮肉娇嫩，钩出的肉粒都
比大人的大，而且没打针的孩子比正在打针的孩子
哭得还要厉害，为什么呢？我在那篇文章里写道：
他们看到的疼痛更甚于经历的疼痛。后来我也常回
忆这段往事，心里也十分内疚，我就在想，为什么
我没有在幼儿园的孩子哭声之前就先发现，其实工
人们也是疼痛的。假如我用这个有倒钩的针头先扎
进我自己的胳膊，再钩出我自己的肉粒来，我就会
知道工人们的疼痛。所以我在我那本即将出版的随
笔集的后记里最后写下了这样两句话——这可视为
我今天为何写作的理由：我在这本书里想写下一个国
家的疼痛，也想写下自己的疼痛，因为国家的疼痛
也是我个人的疼痛。可以说，从我写长篇小说开始，
我就一直想写人的疼痛和一个国家的疼痛。

2010 年 1 月 23 日

当代中国文学对外译介的现状与未来

选择好的译者

许　钧：　余华先生，你好！非常感谢你接受采访，谈谈当代中国文学对外译介的现状与未来。作为当代中国最有影响力的作家之一，无论在国内还是海外，你都享有很高的声誉。据我们了解，从先锋时期的作品到现实主义的小说，你的作品被广泛地翻译成英文、法文、德文、俄文、西班牙文、荷兰文、挪威文、希伯来文、日文等二十多种文字在国外出版，在国际文坛得到了热烈的关注和很高的评价。能不能请你谈一谈你的作品目前在国外译介和传播的情况？

余　华：　目前来看，我的作品在不同的国家受到欢迎的情况也不一样，《活着》在美国、意大利、西班牙表现最好，法国和德国的读者最喜欢的是《兄弟》，日本也是《兄弟》的销售和评论最好，《许三观卖血记》在韩国很热。其他国家的情况我不是很了解，我没有得到充分的反馈。越南可能都不错，因为他们的出版社在争抢我的书的版权；《兄弟》在挪威出版一年后出平装本，这个信号显示《兄弟》在挪威不错；《活着》被瑞典教育部和文化委员会列入推荐书目，向中学生推荐的。很多国家的译者说我的书在他们国家不错，可是我没有得到具体的数据，所以不好说。

许　钧：　一个作家能写出震撼人心的作品，从根本上来说是出于对文学的爱，让作品深入到人性深处，感染人体的每一个细胞。一个翻译家能译出优秀的作品，也是出于对文学和文化的爱和理解。同时，成为一个严肃的文艺批评家，这在某种意义上是不可替换的，也是可遇不可求的。总体来看，你是非常幸运的一个，在不同的国家都遇到了不少优秀的翻译家，译作的翻译质量不错，不少作品获得了多个重要的国际文学奖。比如《活着》获意大利最高文学奖——格林扎纳·卡佛文学奖，《在细雨中呼喊》被译成法语后很成功，你获得了法国文化部授予的艺术与文学骑士勋章，《兄弟》获法国国际信使外国小说奖。能否请你谈谈你是如何邂逅、选择这些优秀译者的？不同文化背景下的你们，又是如何相互沟通，建立有效的交流的?

余　华：　优秀的译者是可遇不可求的，我幸运地遇上了很多
　　　　　好译者。其实我一直是被动的，不是我选择译者，
　　　　　是译者选择我。这和我在国外的出版经历有关，开
　　　　　始的时候是那些国家的译者来找我，翻译完成我的
　　　　　小说后他们再去找出版社，所以译者最初还承担了
　　　　　经纪人的工作。后来我有了国际版权经理以后情况
　　　　　也没有太多的改变，因为我在那些国家都有了可以
　　　　　信任的译者，而出版社也会征求我的意见，谁来翻
　　　　　译我的新书? 我不懂外语，我对译者的信任是建立
　　　　　在对他们的了解上。如果是一个对自己母语文学不
　　　　　了解的人想翻译我的作品，我会谢绝。当然我首先
　　　　　会和他聊天，聊他的国家的文学，如果他表现出不
　　　　　太了解自己国家的文学，我不会与他合作。一个对
　　　　　自己母语文学没有兴趣的人想来翻译中国的文学作
　　　　　品，我觉得不会是一个好译者。因为这样的译者仅
　　　　　仅是想翻译一本书，而不是出于对文学的喜爱来翻
　　　　　译小说。

许　钧：　在 2010 年的"汉学家文学翻译国际研讨会"上，你
　　　　　曾经对翻译做过一个比喻，你认为"在文学翻译作
　　　　　品中做一些内科式的治疗是应该的，打打针、吃吃
　　　　　药，但是我不赞成动外科手术，截掉一条大腿、切
　　　　　掉一个肺，所以最好不要做外科手术"。从这一比

喻中能看出，你认为对于原文，翻译时最好只采取一些保守的治疗方法，不要去改变原文外在的骨骼和形体，也不要去丢弃原文内在的组织和气韵。这里涉及的其实是翻译中最根本的问题：什么样的译文是好的译文？我们自身的处境和文化框架往往会决定译者选择何种文化立场、翻译原则和翻译方法。而汉语与其他语言之间的不对应性和非共通性使得这些选择变得更为困难。我想知道，作为一个作家，你认为什么样的翻译是最理想的？你所指的"内科式的治疗"是什么？"外科手术"又是什么？

余　华：尊重原著应该是翻译的底线，当然这个尊重是活的，不是死的，正如你说的"汉语与其他语言之间的不对应性和非共通性使得这些选择变得更为困难"，所以我说的"内科式的治疗"是请翻译家灵活地尊重原著，不是那种死板的直译，而是充分理解作品之后的意译，我觉得在一些两种语言不对应的地方，翻译时用入乡随俗的方式可能更好。"外科手术"就是将原著里的段落甚至是章节删除，有这样的翻译，一本应该六百多页的小说，最后翻译出来只有四百多页。美国一所大学的教授告诉我，他在自己学校组织了一位中国作家的作品朗诵会，结果中文版的段落朗诵完了，在英文版里找不到。这样的"外科手术式"的翻译是我不能接受的。

许　钧：　我还想再问一个有关"怎么译"的问题。中国和其他国家有着巨大的文化差异，这就导致在翻译一些中国术语和中国概念的时候，译者往往面临巨大的挑战。如果按照原文直译的话，那么就会比较少考虑译本读者的语言表达习惯，常常造成读者接受层面的困难；如果用西方的概念和形象来描述、解释和替换中国文化，那么中国文学和文化的形象就会被淡化，甚至迷失，翻译的意义和价值就会打折扣。我看过你的一些作品的法译本和英译本，应该说翻译质量相当好，但是这种问题也会时不时地跳出来。比如，《许三观卖血记》里面的"油条西施"，英译本里面翻译的是"the Fried Dough Queen"，典型的中国形象"西施"变成了西方的"女王"。这种例子还有不少。我想知道，你作为原作者，对这个翻译问题是怎么看的？你希望你的译者在面对这些中国形象和中国概念的时候，采取什么样的翻译立场和翻译方法呢？是尽可能保留原文的风貌，还是以读者为依归，强调译文的可传达性呢？

余　华：　我赞成"女王"这个译法，如果用"西施"的拼音，外国读者不会明白，要让他们明白"西施"，只能用注解，可是读小说的时候还要去读注解是一件别扭的事。《兄弟》的法文版有二十页的注解，这些都是完全无法对应翻译的部分，我的两位法文译者的翻译已经非常巧妙了，法国读者完全可以通过上下文理解其中的意思，但是他们担心有些法国读者会对某个表述的中国含义深究下去，所以用了二十页来注解，而且将这些注解放在小说的最后，让一些喜欢深究其含义的读者到最后面去寻找，对于大多数读者来说，不会影响阅读的流畅性。对于原文一些不可翻译的地方，我觉得用可传达性的方式来表现应该更好，虽然会损害一些原文的风貌，可是原文的含义因此充分表达出来了。译文肯定会在一些地方损害原文，但是又会在另外一些地方加强原文，会让原文更加出彩。所以在我看来，译文和原文不像是恋爱关系，像是拳击比赛，译文给原文一拳，原文还译文一拳，你来我往，有时候原文赢了，有时候译文赢了，十个回合以后打了一个平手，然后伟大的译文出现了。

走入外国主流出版社

许　钧：　一直以来，中国文学作品在海外的出版发行都有一定的困难，主流出版机构参与度不高，传播渠道也不够通畅，这样就很难真正地形成影响力，这里有来自文化趣味、市场运作、意识形态等各种因素的制约。但是我知道在这种较为普遍的困境中，你的作品还是得到了一些外国主流出版社的大力推介，可以看成中国当代文学走入外部世界的成功个案。比如在法国，你的小说从 2000 年起，就固定在 Actes Sud 出版，这是法国一家十分有影响力的出版社。在美国，著名的兰登书屋出版了《活着》《许三观卖血记》《在细雨中呼喊》《兄弟》等等。这种长期稳定的合作关系对提升作家和作品的文学声誉具有十分重要的作用。能否请你谈谈你与这些主流出版社的合作过程？你们在交流的过程中，有过误会和冲突吗？有哪些值得吸取的教训和经验吗？

余　华：　1994 年法国出版了我的两本书，一部是《活着》，一部是小说集《世事如烟》，这是我最早在国外出版的小说。至今有十九年了，回顾这段时间，我在国外的出版是一个慢热的过程。我 1995 年去法国的时候，见到了《活着》的编辑，最大的阿歇特出版社的编辑，也见到了《世事如烟》的编辑，一家小出版社的编辑，当时《许三观卖血记》快要写完了，我告诉这两位编辑，可是他们对出版《许三观卖血记》没有兴趣。这时候巴黎东方语言学院的汉学教授何碧玉刚刚担任 Actes Sud 的中国文学丛书主编，她长期以来欣赏我的作品，一直关注我，她拿到《许

三观卖血记》的打印稿，读完后很兴奋，立刻说服
Actes Sud 买下版权，1997 年就出版了。后来我的
书全部在 Actes Sud 出版，这是一家非常好的出版
社，我开始的几本书都让他们赔钱了，可是他们告
诉我，只要是我的书，就是赔钱也会继续出版。他
们对我有信心，谢天谢地，后来让他们赚钱了，尤
其是《兄弟》，在法国非常成功。兰登书屋对我也
是一直保持信心，他们已经出版了我五本书，明年
将出版两本新的，短篇小说集《黄昏里的男孩》和
《第七天》。他们 2003 年出版了《活着》和《许
三观卖血记》，此前这两本书的英译文在美国转了
几家出版社，几个编辑都说喜欢，可是没有出版和
推广中国小说的经验，他们都放弃了，然后转到哈
金的编辑手上，她是著名的编辑，她喜欢这两部小
说，而且她编辑哈金的书在美国成功以后，就有了
出版中国小说的经验和信心。她当初觉得《活着》
和《许三观卖血记》可以分别销售五千册，结果《许
三观卖血记》销售了一万三千册，《活着》销售了
三万四千册，现在十年过去了，《活着》每年仍然
能销售三千册左右。《在细雨中呼喊》是 2007 年出
版的，起初他们不准备出版，专门开了一个会，讨
论的结果是不出版《在细雨中呼喊》。我的编辑告
诉我，《活着》和《许三观卖血记》在美国出版后

情况还算不错，如果接下去出版《在细雨中呼喊》的话，我在美国的前途有可能夭折。我坚持要出版，我说夭折就夭折吧，他们还是出版了。到了《兄弟》的时候，我的编辑已经非常信任我了，还没有一个字翻译成英文，她就开价十五万美元买下了版权。这次的《第七天》，我要求英文版明年出版精装本，后年出版平装本，她就按照这个时间进行出版安排了。美国是全世界出版外国文学作品最难的地方，我很幸运遇到现在的编辑，她很尊重我，十多年来一直如此。2003年的时候她就拿到《黄昏里的男孩》的英译文，她说她会出版，但不是现在，希望我信任她，给她时间，等到时机成熟的时候她就会出版，意思是等我在美国有了影响力以后再出版，因为短篇小说集的市场前景远不如长篇小说，我信任她，等了十年，明年1月终于要出版了。《纽约客》今年8月26日这一期发表了其中一篇，同时介绍我将要出版的《黄昏里的男孩》。《纽约客》的发表让我的编辑很兴奋，因为他们每期只发表一篇小说，很不容易。《纽约客》的小说主编很喜欢我的这部短篇小说集，给我写邮件说期待以后继续合作；负责我《纽约时报》专栏文章的评论版编辑也看到了《纽约客》上的短篇小说，写来邮件祝贺，说他热烈期待着《黄昏里的男孩》出版。所以我觉得我的编辑让我等十年是对的，如果是十年前就出版，《纽约客》是不会发表其中一篇的。我的编辑在美国一步一个脚印把我往前推，我们一直以来互相信任，当然也有意见不同的时候，2008年她拿到《兄弟》英译文的打印稿时，厚厚一叠把她吓了一跳，和我商量是否做一些删节，让书薄一些，因为美国读者很难接受太厚的小说。我没有同意，她尊重我，就没有做任何删节。

外国媒体与读者评价

许　钧：　中国文学对整个世界文学的影响力大小不仅取决于上述我们谈到的几个问题，同时也被外国读者的阅读视野和接受方式所左右。你的作品在国外的影响力很大，得到了包括主流媒体在内的专业读者群的高度评价，这是非常不容易的。以《兄弟》为例，法文版被法国主流社会称为"当代中国的史诗""法国读者所知的余华最为伟大的作品"，英文版也得到《纽约时报》《纽约客》《华盛顿邮报》等众多美国权威媒体和一些著名评论家的一致好评。能否请你谈谈，对于你作品中的中国文学特性，他们是

怎样去欣赏的？他们会不会特别关注作品内容是否
具有社会性、批判性，乃至政治性？

余　华：　首先是小说的文学特征吸引了出版社的编辑，他们
出版了，然后评论和读者关注了，当然这些关注里
有很多社会和政治的成分。《兄弟》出版以后，德
国有些书评非常惊讶这本书为什么在中国没有被禁，
法国和美国也有类似的惊讶。他们的书评在赞扬这
部小说的艺术性的同时，也关注到了这部小说的社
会性、批判性和其中的政治性。我去美国和欧洲为《兄
弟》做宣传时，他们赞扬我很勇敢，我说不是我勇敢，
是中国社会越来越开放和宽容了，否则我再勇敢，《兄
弟》也无法出版。明后两年将是《第七天》的欧美
出版高峰期，到了那时候欧美的书评人会更加惊讶，
他们肯定无法想象《第七天》可以在中国出版。当
初《在细雨中呼喊》出版英文版时，《时代》周刊
有一篇书评，说这是一本持不同政见的小说。西方
社会对中国的了解是滞后的，他们经常不理解我怎
么可以畅通无阻地在中国出版这些小说，从这个意
义上说，我在让西方社会了解今日中国时起到了一
些实际作用。我记得有一篇英文的书评里说，如果
用艺术的进步来衡量一个国家的发展，那么《兄弟》
告诉我们，中国社会已经发展到了相当的程度。

许　钧：　刚才我们主要谈论的是包括主流媒体在内的专业读

者群。此外，普通读者对作品的接受和反馈也在很大程度上决定了文学的影响力。大家都知道，让国外广大的读者喜欢上中国当代文学是非常不容易的。比如在美国，普通读者对现当代中国文学的好奇心并不强，因为美国在过去很长一段时间里都不重视外域的文化，这就影响了普通民众对翻译作品的接受。不过，《兄弟》在欧美市场的销量非常好，你也经常受到国外出版社、大学的邀请，到世界各地巡回演讲、访问、推广作品，和当地的读者面对面，能否请你谈谈你对西方读者的看法？这些年来，国外读者的构成是否发生了一些变化？他们的阅读趣味是否也发生了一些变化呢？

余　华：　我印象中西方读者的阅读十分宽广，尤其是法国读者，什么叙事风格的小说都读过了，什么样的小说都不会让他们接受不了。《兄弟》里的粗俗让一些中国读者难以接受，可是西方读者没有问题，他们中间有人问过我，《兄弟》里哪些内容让这本书在中国争议很大？我说出来争议的部分时，他们感到难以理解，因为比《兄弟》粗俗的西方小说太多了，美国的《科克斯评论》称《兄弟》是一部污垢斑斑的伟大小说。《第七天》还没有在欧美出版，但是我想出版后的情况会和《兄弟》差不多，在中国充满争议，在欧美不会有什么争议。中国一些读者批评《第七天》里有太多的社会热点新闻，类似的外国小说其实不少，像《2666》的第 4 章"罪行"里，罗列了一百多个奸杀案，都是从报纸上拿下来的新闻事件，没有读者去批评这个，就是生活在那个地方的读者也没有站出来批评《2666》。有一些人说我的小说是写给西方人读的，所以西方读者理解起来没有问题，这个说法是不成立的，因为我的小说在中国受到的欢迎远远超过西方。《兄弟》在法国出版后广获好评，我的英文译者在网上读了法语的评论，来中国时告诉中国的几位评论家，说这本书在法国很受好评，这几位评论家说那是因为法国的评论者没有读过我以前的《活着》和《许三观卖血记》，他们不知道不少法语评论里都拿《活着》和《许三观卖血记》来跟《兄弟》做比较。

新媒体的冲击与影响

许　钧：　从总体上来说，目前文学还处在边缘化的地位，尤其在当今的读图时代，图像文化一步步挤压着印刷文化。从一个方面来看，图像可以推动文学作品的传播，比如《活着》拍成电影后，在法国、美国、

英国等地屡获大奖，这也反过来推动了原著各个译
本的销售。莫言的《红高粱》也是这种情况。但是
从另一个方面来看，现在步入 21 世纪，网络、手机、
影像等多媒体的普及，也让文学被随意更改，甚至
干脆被符号和图像取代，读者群也逐步流失。同样，
文学译介也面临着很多类似的变化和挑战。能否请
你谈谈，目前你的作品译介是否受到了这些新媒体
的冲击和影响？作为对外传播的新方式，它们有没
有促进作品在国外的推广和接受？同时，它们有没
有带来一些消极的变化和阻碍？我们应该怎么应对
这些挑战，通过对文学作品的译介来反映中国文化
的深层信息和特征？

余　华：　确实如此，中国电影，尤其是张艺谋的早期电影曾
经帮助中国的小说走进西方，但是近十年来情况变
了，中国小说在西方世界的影响已经超过中国电影。
这和审查制度有关，电影审查太严格了，很多导演
拍不了自己想拍的电影，只能去拍一些迎合市场的
电影，这些电影在中国的市场上获得了成功，却失
去了电影应有的价值，也就失去了中国以外的观众，
中国电影玩大片是玩不过好莱坞的，只有拍出真正
意义上的好电影，而不是胡编乱造的电影，才能重
返世界电影舞台。我曾经说过，现在进电影院看不
到和我们有关的生活，看到的都是和我们无关的传

说。小说的审查相对宽松很多，所以中国的小说一如既往在努力，慢慢地在西方世界影响越来越大。至于边缘化，我觉得对于文学，边缘化是它正确的位置，文学从来都不应该是中心，文学的力量是用耐力来表现的，它不是百米飞人大战，它是马拉松，当很多时髦的和轰动的消失之后，文学开始告诉我们它存在的理由。至于新媒体的冲击，西方好像没有中国这么激烈，这可能和西方有效的知识产权保护有关，我的书在西方出版后，同时也有电子书销售，但是电子书的价格比纸质书没有便宜太多，这对电子书的销售是有影响的。兰登书屋给了我一个账号，我可以上去查自己英文版小说的每周销售情况，纸质书的销售始终多于电子书。也许将来纸质书会消失，但是文学不会消失，只要文学不会消失，我一点也不用担心。不管是什么样的挑战，都会过去的，我们只要做到视而不见，写该写的作品，翻译该翻译的作品，那些挑战也就只好自娱自乐地从我们身边晃过去了。

中国文化如何"走出去"

许　钧：　近年来，中国文学界一直在不断努力，使得中国当
　　　　代文学走向世界的步伐明显加快，影响力也在逐渐
　　　　扩大。但就整体而言，中国当代文学在国外的译介
　　　　要走的路程还很远，我们的"译入"和"译出"之
　　　　间仍然存在着明显的不均衡现象。文学译出去的数
　　　　量和美国、德国、日本等国文学在中国译介的数量
　　　　相比，相差悬殊。另外由于我们与其他国家的文化
　　　　差异巨大，文学作品的翻译难度很大，我们的翻译
　　　　队伍阵容不够强大，翻译得到的报酬太低、认可太
　　　　少等等，这些都是亟待解决的问题。作为一个有众
　　　　多作品被成功译介的著名作家，能否请你为中国当
　　　　代文学"走出去"的整体现状把把脉？你觉得目前
　　　　存在一些什么样的问题和阻碍呢？

余　华：　中国目前仍然是文学进口大国出口小国，不过这个
　　　　世界上文学出口多于进口的国家也不多，美国是一
　　　　个，其他国家不好说，法国文学出口量很大，可是
　　　　主要是其过去时代作家的经典作品。仅从当代文学
　　　　来说，中国现在的上升趋势不错，如果不算总量，

只算增量，中国文学出口可以在世界上名列前茅了，因为我们的基数低，所以增长看上去十分喜人。不过中国文学想在当代世界文学舞台上扮演主角的机会十分渺茫，这个主角被美国佬占据了，凡是被美国佬占据的位置，就很难挤掉他，但是中国文学在这个舞台上不能总是跑龙套，不能总是群众演员，怎么也得争取个配角过来，要想成为配角的话，翻译是主要问题，现在国外翻译中国文学的汉学家正在减少，尤其是优秀的翻译家，一部分年纪大了，一部分工作压力太大，没有时间和精力继续从事翻译，这是因为翻译家所得到的报酬太少，无法靠翻译养活自己，中国的翻译家也是一样，这个问题要解决的话，就需要出版商出手阔绰，可是出版商都是葛朗台先生。好在很多翻译家是出于对文学的热爱从事翻译，不是为了挣钱从事翻译，所以翻译家大多是雷锋同志。

许　钧：　刚才谈了很多的问题和阻碍，不过，我们现在面临着一个前所未有的大好时机。去年年底，国家提出"文化强国"的奋斗目标，非常重视"中国文化走出去"。各级政府目前都在采取各种积极措施，推动中国文学走向世界，成为世界文学的一个重要组成部分。这需要文学界、翻译界、翻译研究界、对外汉语言文化推广和传播机构的努力，也需要不断加强中外语言文化交流。不过我们"走出去"的步伐不能太急促，不能太盲目，不能一股脑什么都往外面送，大跃进只能适得其反。尤其是中国当代文学，我们要了解国外需要什么，读者喜欢什么。作为中国在海外最有影响力的作家，你一直很关注中外文化交流，也一直喜欢阅读和研究外国文学，了解外国图书市场，能否请你谈谈你对中国当代文学的对外译介和推广有什么建议呢？你觉得我们的政府和文化管理机构应该采取什么样的激励措施来帮助中国文学走出去，扩大中国文学在国际的影响呢？

余　华：　我们政府给予作家的作品走向国外的支持力度可能是世界上最大的，我知道过去的日本很大，现在不能和中国比了。但是这里面有两个问题，首先政府拿出资金来是为了支持优秀的文学作品走出去，可是往往是很一般的作品得到了资助。三年前我在欧洲遇到一个中国人，他在搞出版中介，向中国有关部门申请出版资助，他告诉我几本书的书名后，我就明白那几本书的作者肯定是跑了关系的。其次是不要以为出版了就是成功，很多书出版后无声无息，这和没有出版一样。真正优秀的中国小说，就是没有政府资助也会得到出版机会，而且得到国外好的评论和国外读者的赞扬。当然，对于一部作品是否优秀，每个人的看法不一样。前不久有一个民营书商说他收购一家美国的出版社，不知道是真是假，我希望是假的，如果是真的，我想他可能是想拿这个去骗政府的钱。还有中国的出版社竟然出版起中国作家的外文版了，有几个出版社给我写邮件，说是要出版我的书的英文版，把我推广到美国去，我心想你们出版的英文版只能堆在仓库里，我没有理睬他们，我知道他们是想借这个项目弄到政府的钱。现在有中国的出版社搞什么和外国出版社合作出版外文版，这个也是在骗政府的钱。对于西方的出版社，你给他们钱，他们肯定要，但是他们不会当真，反正你自己玩吧，他们还是按照自己的出版计划在出版，这种合作出版的外文版只能在中国的某个角落里看到，在那些收钱让你挂名的出版社的国家里很难找到。

许　钧：非常感谢你，结合自己进行文学和文化交流的经验，为当代中国文学的译介现状诊脉，提出了许多宝贵的意见和建议，这可以帮助我们很好地反思我们的文学译介事业。相信在不远的未来，在大家的共同努力下，中国文学对外译介和外国文学作品在中国的译介一样，会迎来一个百花齐放的美好局面。最后，能否请你送几句话给我们的翻译工作者？

余　华：继续译下去吧，就像我继续写下去一样。我成为作家之前是牙医，对我来说作家这个职业再不好也比牙医好，小说怎么也比牙齿有意思；你们以前都是大学生，被教授训斥，准备无聊的考试，现在你们是教授是翻译家了，翻译家这个职业再不好也比大学生好。既然往回走不是一条好路，就只有往前走了。

2013 年 9 月 13 日

远离生存记忆的历史书写

人性的千变万化是小说的基石

洪治纲： 读完《文城》，既有难以言说的悲怆，又有某些内心的快意。除了早期的中短篇，如《往事与刑罚》《祖先》等实验性小说之外，你很少书写远离自己生存记忆的历史。记得在《虚伪的作品》中，你曾反复强调，你的小说创作与现实之间一直存在着极为紧张的关系，如何摆脱现实经验的制约，是你碰到的棘手问题。《第七天》出版之后，也有人质询你对现实的处理过于依赖新闻事件。而《文城》首次将叙事放到了遥远的历史之中，在清末民初的世纪交替大背景下，展开故事的叙述。这似乎隐含了你内心里打算摆脱现实钳制的意愿。这种单纯的历史叙事,给我的感受是,让你仿佛获得了某种叙述的解放,故事显得特别奔放,几乎看不到作家的任何顾虑。

余　华：《文城》写了很长时间了,对我来说,《文城》不是新人,是旧人。很多年前开始写的时候,只有一个愿望,就是要把二十世纪都写到,《活着》的故事是从 1940 年代开始的,我要去写写之前的故事,没有想要去摆脱现实,现实是无法摆脱的,近在眼前的是现实,远在天边的也是现实,我要去写写远在天边的现实,这对我很有意思,我写下的现实很远,可是我写作时的感受很近,近到可以伸手去触摸,我在写作时要找到远与近的交汇点,让语言和叙述在这个交汇点扩展出来,或者说解放出来。人年初三这天,我读了丁帆的评论文章,他从四个方面给《文城》定位,传奇性、浪漫性、史诗性和悲剧性,这确实是一个传奇浪漫的悲剧,至于史诗,我理解是丁帆对《文城》的期待,他期待《文城》是三部曲的第一部。

洪治纲：《文城》让很多人都觉得,那个当年写《活着》的余华回来了。我也有这种感受。因为《文城》里洋溢着巨大的悲悯。它从"林祥福寻妻"这个小小的个人愿望出发,慢慢地卷入历史的巨大洪流之中,不仅对命运发出了长天浩叹,而且对苍生进行了深切的叩问。一次次的天灾,加上一次次的人祸,让我们看到那个富足安宁、木屐声声的鱼米之乡，一步步走向民生凋敝、万物死寂的境域，凸现了作家胸中难以排遣的悲怆之情。可以说，它怀抱人间，直视苍生。一部小说的写作，有时也会让作家经历一场漫长的情感折磨。我的感受是，你在写作这部小说的过程中，应该经历了漫长而复杂的人生体验吧？

余　华：漫长的体验，因为这是漫长的写作，断断续续，回来和离去，离去就是几年，回来往往只有几个月，直到去年终于完成。你问我写作《文城》时的人生体验是什么，我的感受是没有尽头，就像林祥福对小美的寻找。你说到一次次的天灾，《文城》的开篇就是三次自然灾害，不从叙述的顺序，从时间的顺序来说的话，是冰雹、龙卷风和雪冻。冰雹让林祥福和小美真正走到了一起，这个在叙述里很重要，我最初描写冰雹，是夏天的情景，因为冰雹通常是在夏天出现，可是我写作时的感觉总是不对，叙述告诉我，冰雹过后应该是大地苍凉、寒风凄厉的景象，田氏兄弟为死去的父亲掘坟时锄头砸在坚硬的土地上，失去茅屋的人裹着被子站在寒风里，可是这样的情景不会出现在夏天，所以我让冰雹在冬天来到，可能就是这个改变，定下这部小说的基调，也可以说是人生体验，就是苍凉和凄厉，当然前提是现实中冬天也会有冰雹，而且并不罕见。

洪治纲： 《文城》仍然是一个有关寻找的故事。其实，《第七天》也是一个寻找的故事，杨飞穿梭于阳间和阴间，不断寻找曾经失去的亲情和友爱，当然也为了探寻现实苦难背后的真相。而《文城》里的寻找，则是为了寻找人间的深情厚谊。当林祥福抛离殷实富足的北方之家，千里迢迢踏入溪镇，虽然是为了完成自己当初对小美的承诺，为女儿找到母亲，但在此后十七年的生活中，他的寻找似乎是为了见证，见证这纷乱的人间，情义、仁爱、谦卑等等美好的人性。寻找，在你近期的小说中，往往成为一种很重要的故事内驱力。但是，《文城》的特殊之处在于，林祥福所要寻找的"文城"，是一个并不存在的地方，一个人物渴望而不得的"家"，也是一种身与心相统一的栖息地。

余　华： 《第七天》是寻找，《文城》是寻找，我现在正修改的小说也是在寻找，虽然寻找的故事不一样，寻找的意义也不一样，有一点是一样的，寻找确实成了我写作中重要的故事内驱力，但不是近期，已经完成的《第七天》《文城》和还没有完成的，这些故事已经伴随我多年了。《文城》里林祥福的寻找是这个故事的起因，也是没有结局的结局，这是有血有肉的寻找，不是哲学上的寻找。不存在的"文城"

在小说里第一次出现时，是阿强随口编造的，此后贯穿了全文，最后成为书名。成为书名的唯一因素是"文城"的不存在，于是"文城"不再是阿强的一个谎言，也超出了小美的心底之痛和林祥福与女儿没有尽头的找寻，"文城"似乎成了某个象征，这个象征是什么，我说不出来，程永新说文城就是民国乌托邦，他说得很好。

洪治纲：　《文城》从一种单纯的情感故事开始，尽管纪小美的情感并不单纯，但基本上是沿着一种言情的套路在展开：纪小美既放不下怯懦柔弱的丈夫阿强，又放不下忠厚善良的林祥福，更放不下刚刚生下的女儿，这种情感撕扯构成了小说前半部的主线。但是，随着兵匪情节的出现，小说的故事骤然发生了变化，叙述也变得特别狂放。或兵或匪，尤其是张一斧等三股土匪轮番作恶，不乏各种极度血腥的场景。将这种凄婉的情感故事与血腥的暴力叙事融合在一起，似乎是你有意为之的结果，当然也有故事的发展过程不受你自己控制的结果。我相信，这两种不同的叙事，一定会给作家带来完全不同的体验，因为它们隐含了人性与社会性的不同向度。

余　华：　我前面说过我想去写时代背景在《活着》之前的故事，这就决定了我要去描写那个时期的动荡不安。如果我让林祥福怀抱女儿来到溪镇就结束正篇，接下去从小美和阿强的角度写，写他们回到溪镇结束补篇，这将是一个单纯的故事，这个故事的时间完全可以放到今天，可以放到任何时候，没有必要放到清末民初。既然是那个时代的故事，就应该有那个时代的气息，那个时代的社会性，林祥福身处乱世，不把这个"乱"写出来的话，林祥福很难属于那个时代。兵和匪在小说里的出现是不一样的。北洋军是溃败时经过溪镇，这是那个时代的重要特征。与北洋军浩浩荡荡出现不同，土匪可以说是悄悄地出现，最先出现是林百家与顾同年定亲的时候，溪镇的百姓之前没有心理准备，然后有关土匪的篇章越来越多，是自然叙述出来的。当然对于写作者，写下不同内容时的体验肯定是不一样的，但是有一点是一样的，就是如何去书写人性，不同的内容里都有人性的表达，丁帆在评论《文城》时说，人性的千变万化才是小说的基石。

洪治纲：　大凡小说，总是从日常出发，沿常理常识发展，最后往往会形成一种有违常理的结果。如果因与果之间，呈现的是必然关系，那就未必需要小说这种虚构的故事。在《文城》里，林祥福应该是一个具有各种传统优秀品质的人，最后竟然将自己的命运演绎成一种传奇。在这种传奇的背后，除了小美的欺骗，就是土匪的行恶。在这种柔刚交织的对抗下，林祥福似乎不断陷入命运的失控之境，最终形成一种传奇化的效果。你在书写林祥福这个人物时，是否意识到他会具有某种传奇特征？或者，你对小说的传奇性，有哪些思考？

余　华：　去写一百年前的故事，同时又不把它写成历史小说，那么传奇性自然会是小说的重要特征。通常来说，小说的传奇特征往往具备了浪漫性和戏剧性，我在正篇写从林祥福这里出发的故事时，在叙述上加强了浪漫性和戏剧性，在补篇写从小美这里出发的故事时，仍然有着浪漫性和戏剧性。在浪漫性和戏剧性之外，社会性似乎更为重要，社会性给予了小说时代背景，是时间上的定位，正篇是用动荡不安的方式写下了社会性，补篇是以封建压抑的方式写下社会性。如果要把《文城》叙述里的传奇特征按顺序排列出来，应该是社会性、浪漫性和戏剧性，还有悲剧性，这里的悲剧性是从社会性里生发出来的。

小说的丰富有力来自细节

洪治纲：　我们谈谈《文城》的张力吧。《文城》在叙事处理上，张力运用相对比较简单，林祥福、陈永良、顾益民、田大五兄弟、陈永良的妻子、翠萍等等，都是纯朴、宽厚、善良的人，是传统伦理上的至善人物；即使纪小美和阿强因欺骗林祥福而诱发了整个故事的开始，但他们也饱受了人伦的折磨。而在张力的另一面，则是天灾和匪祸，是极恶的代表。事实上，使用这种最简单的、极致化的张力来推动小说的叙事，在一般作家的笔下，很容易陷入一种基于偶然性和传奇性的叙事窠臼。《文城》则成功地摆脱了这种窠臼，尽管它依然带有传奇性，但我们被一种深厚而又慈悲的情感所笼罩，完全冲淡了对各种偶然性巧合所带来的阻隔。这让我想起《活着》。在《活着》里，你一共写到了十个人的死亡，且绝大多数人的死亡都是偶然的、突发性的，因为巨大而无助的悲情，使读者并没有感到突兀。所以，我们常常会看到，无论面对一个怎样千奇百怪的故事，优秀的作家总是能够让人心悦诚服，而技能不足的作家，哪怕是处理一个真实的故事，都会让人处处生疑。

余　华：《文城》的叙述有一个特点，就是章节短，虽然也有一部分比较长的章节，在三百四十八页的篇幅里，二十四万五千字，总共有一百一十一节。我此前的五部长篇小说中，《许三观卖血记》的章节也是多而短，但是《文城》的章节更多。其实定稿之前不是这样，每个章节都在万字以上，只有少数几个章节是几千字，我是在最后的修改时改成了一百一十一个章节的。这是为了叙述的流畅性，因为《文城》的叙述由顺叙、倒叙、插叙和补叙四种叙述方式组成。定稿前每个章节都很长，我修改的时候发现章节的分配是按照这四种叙述方式来确定的，所以阅读的时候叙述方式之间的转换显得生硬，原因是这四种叙述方式来回转换的次数过多，如果像《在细雨中呼喊》中叙述转换的次数不多的话，是可以按照叙述方式不同来分章节的，但是《文城》不行，当我把《文城》里的章节分得多而短之后，顺叙、倒叙、插叙和补叙之间的转换在阅读里不经意间就完成了，而不是插上路标去指示阅读：前面是顺叙，前面是倒叙，前面是插叙，前面是补叙。你所说的如何让读者没有因为故事的内容感到突兀，对人物和细节的把握至关重要，叙述的流畅性也是至关重要。

洪治纲：　《文城》最让我迷恋的是叙述。《文城》的叙述非常舒坦。它像江南的河流一样，清幽平缓，明亮开阔，沿途都是绿油油的菜地稻田，有时也不乏花团簇簇。说实在的，它让我们再一次看到了优秀作家处理叙事的能力，也就是说，我可以不用去关注小说的内涵，阅读本身就是一种巨大的享受。一个个比喻看似未经任何修饰，却像刀刻一样留在我的记忆中,诸如"像垂柳一样谦卑""小美转过身来,一条鱼似的游到他的身上""她们涂满胭脂的脸被泪水一冲,像蝴蝶一样花哨起来"。大量的细节场景都显得意趣盎然,像有关木匠技术的叙述,龙卷风和大雪灾的叙述,顾家三个少爷撑着竹竿过河的叙述,溪镇民团与土匪在城墙边的对决,土匪张一斧的凶残杀戮行为,陈永良用尖刀击杀张一斧,以及田大和他的兄弟两次来溪镇接东家的场景,都给人以强烈的视觉冲击。温情和暴烈的叙述,几乎在《文城》中同时获得了全面的彰显。

与此同时,《文城》的整体叙事又是节制的,只是在一些关键的情节上,显得放纵而又魔幻,特别是在一些灾难性场景的叙述中,笔墨近乎奢侈和奇幻。警如有关冰雹、龙卷风、暴雪的叙述,土匪对付绑票的各种刑罚,林祥福吃人肝饭,城隍阁苍天祭拜仪式等等 所以有学者认为,它带有浪漫主义式的传奇意味。我的感受是,在一些重要细节上,你的想象力显得特别奔放,不断涌现类似于魔幻的场景,它使小说体现出强烈的抒情性特征。在处理这样的细节时,我感到作家似乎有一种内心的放纵之感。

余　华：　我写作将近四十年了,写作时如何警觉细节和如何把握细节,已经深入到我的直觉之中,一切都是自然的。我在正篇里写完陈永良救出顾益民，摇着小船把顾益民送回溪镇后，马上回到前面陈永良与林祥福初次见面的地方，当时陈永良向林祥福讲述自己来溪镇之前靠打短工为生，我回去补上一句，陈永良还做过船夫。只需加上一句话，陈永良摇船就合理了。当然在叙述里也无须面面俱到，我在正篇里写到小美初见林祥福，穿上木屐在屋子里走动，发出的声响像是木琴的声音。为此我曾经在补篇第十七节里也写到了木琴，就是小美和阿强在上海的美好时光那一节，他们走进一家琴行，第一次见到钢琴这些外国乐器，还敲打了一下木琴，但是被我删除了，原因是这一节写得太长，把他们在上海的生活写啰唆了，不只是删除了琴行这一段，也删除了其他几个情节。我当时感到没有必要把小美、阿强在上海的所见所闻全部写出来，我用上了一个情节和场景，只是为了说明小美见过木琴，似乎不值得。《文城》与我其他五部长篇小说有一点是一样的，就是细节撑起了故事。一部小说是否丰富有力，不是来自故事情节，而是来自细节，故事情节只是骨架。有位朋友赞扬我写顾益民当上民团团领出去剿匪时坐八抬大轿，夏天时有人给他扇风打伞，一副老爷的派头，虽然顾益民在我笔下是一个了不起的人物。这是我自动写出来的，因为我了解顾益民这个人物。陈永良手刃张一斧时，张一斧右手一直握着盒子枪，陈虹告诉我，她在读的时候想我是怎么让张一斧的右手离开枪拿出来，看到我写算命结束时，陈永良不是给他几文铜钱，而是一块光洋，张一斧听到倒在桌子上的声响不是铜钱是光洋后，贪婪让他的右手离开了枪。这样的细节描写对我来说都是自然而成的，有些细节，而且是极其微小的细节，会让我反复去想。在补篇第三十三节里，我写小美在雪冻之夜醒来，想念林祥福和女儿，她想象自己在夏天龙卷风过后的街上走向了林祥福，从林祥福手中抱过女儿，我当时停下了，觉得只是写下了小美对女儿的情感，没有写下对林祥福的情感，第二天再写的时候增加了一个动作，小美对林祥福的情感也就表达出来了，她在想象里"走到林祥福面前，从他满是灰尘的头发上取下一片小小树叶，再从他手里把女儿抱过来，抱在自己怀里"。满是灰尘的头发上挂着树叶，同时也暗示了林祥福的漂泊和找寻之苦。

洪治纲：《文城》采用了补叙的方式，来处理小美的相关故事。因为小美在林祥福定居溪镇的当年就去世了。这种补叙的方式，在其他小说的结构中很少看到，你在写作过程中，是如何从结构上来考虑用这种补叙的方式？

余　华：《文城》的结构，分成两个部分，正篇和补篇，分

别从林祥福的角度和小美的角度来写，我曾经尝试
把补篇里的内容放进正篇里，取消补篇，其结果是
感觉到叙述的流畅性被破坏了，还是保留了这样正
补两个部分。根据我的写作经验，检验一部小说的
结构是否出问题了，就是叙述是不是够流畅，如果
叙述是流畅的，那么结构没有问题，因为每一部小
说的结构都是不一样的。

洪治纲： 《文城》是你的第六部长篇，与上一部《第七天》
相隔了八年之久。在这八年里，除了偶尔读到你的
一些随笔性文章，很少看到你在小说创作方面的信
息。但我记得你在出版《第七天》之后曾说，自己
还有几部长篇未完成，正在对它们进行"人工呼吸"，
不知道哪一部会首先苏醒。作为一位小说家，我相
信你应该一直被自己未完成的小说所纠缠。因为常
理告诉我，没有完成却又舍不得抛弃的作品，往往
是某个阶段作家的情绪和思考都非常饱满时的产物，
只是受制于当时各种因素的影响，没有达到自己预
设的理想目标，导致出现了"半成品"。

余　华： 其实《兄弟》和《第七天》也是"人工呼吸"后苏
醒过来的，这两部长篇小说当初写下了开头，《兄弟》
有两万多字，《第七天》只有几千字，然后放下了，
后来重拾起来，顺利完成。我的长篇小说，开了头
放在那里的往往容易完成，写下很多的放在那里，

往往很难完成，《文城》就是这样，是最接近完成的，又是最难完成的。我要感谢电脑，《文城》修改了一遍又一遍，如果没有电脑，每次修改时手抄一遍都会让我望而生畏。《文城》完成后，又有新的构思在引诱我了，但是我不再被诱惑，我要继续去修改未完成的，正在修改的是排在《文城》之后的第二接近完成的，同样很难完成。"修改"这个词在其他作家那里意味着即将完成，在我这里意味着不知道什么时候完成。

2021 年 5 月

我只要写作，就是回家

CHAPTER

02

一个真正的作家应该充满勇气

不只要有政治上的勇气

更应该有文学叙述上的勇气

答波士顿广播电台评论员威廉·马克思

马克思： 《在细雨中呼喊》是 1991 年您三十一岁的时候写的，是您的第一部长篇小说。在这本书里，您从一个男青年的角度记述六七十年代一个家庭的困难生活。回过头来，您今天怎么看这部小说？如果现在有机会修改或增订的话，您会做一些改动吗？

余　华： 是的，这是我的第一部长篇小说，在此之前我已经写了七年，有五部短篇小说集，有三十多个故事了。1991 年的时候我决定写作长篇小说了，说实话我那时候对写作一个很长的故事没有把握，此前我最长的故事也没有超过五十页，那时候我不知道怎样才能将一个故事写到三百页，可是我想写作一个长篇小说的欲望非常强烈，我告诉自己：别管那么多了，写吧。于是我开始写作《在细雨中呼喊》了。写作其实和生活一样，生活只有不断地去经历，才能知道生活是什么；写作只有不断地去写，才会知道写作是什么。然后我就找到了这部小说的结构，我不是用故事的逻辑来完成这部小说，而是用记忆的逻辑来完成，记忆不是按照时间的顺序出现的，是按照情感的顺序出现，比如说五年前的一件往事很可能勾起一年前的往事，然后再勾起十年前的往事，接着又勾起昨天的往事……如此连接下去，让情感不断深化。今天距离我完成这小说整整十六年了，这部小说对我非常重要，因为从此以后我开始喜欢写作长篇小说了。我觉得写作短篇小说是工作，而写作长篇小说是生活。为什么？因为短篇小说总是在几天内或者十几天内完成，而且是在自己构思的控制下完成，很少有意外的出现；长篇小说的写作完全不一样，需要一年、几年或者十年的时间来完成，这期间作者的生活也可能会变化，于是原有的构思也会变化，或者完全抛弃了原有的构思，写作长篇小说经常会有意外的出现，所以我说它像是在生活。大家都喜欢生活，可是很少有人喜欢工作。至于是否会修改和增订自己的旧作，我想我不会这么做，虽然我曾经有过这样的想法。我已经完成四部长篇小说，每一部完成的时候都在想以后有机会再修改或者增订，可是事实上我从来没有这么做过，这样的想法只是为了欺骗自己将小说拿出去出版，因为我知道自己的每一部小说都存在着瑕疵，只是暂时没有发现，出版几年以后会逐渐地发现。问题是没有一部小说是完美的，总是有瑕疵存在，而且修改和增订本身可能会增加新的瑕疵。所以我觉得一个作家对待他过去的作品，正确的态度应该像对待文物一样，保持它们的本来面貌。

马克思：　您曾经说过，如果要了解当代中国，就必须了解"文化大革命"那个时代。《在细雨中呼喊》中的贫穷、粗暴的农村人物如何帮助我们了解当前的中国社会？

余　华：　《在细雨中呼喊》中的主要部分记录了二十多年的生活，从 1960 年代到 1980 年代，也就是从"文革"生活开始，写到改革开放初期的生活。这二十多年仍然是贫穷和压抑的，我想这本小说里的贫穷一目了然，至于精神上的压抑，从故事的叙述者那里也可以感受到，而里面人物的一些粗暴言行，尤其是孙广才，其实也是对精神生活压抑的表达。在一个精神压抑的社会体制里，人们常常是以性格的粗暴来表达自己人性的呼喊。为什么我要用《在细雨中呼喊》这个书名？因为细雨中的景象总是灰蒙蒙的，总是压抑的，而呼喊是生命的表达，是人性对精神压抑的暴动。我们只能用粗暴的言行来表达自己人性的存在，虽然十分可悲，可是我们中国人就是这样生活过来的。

马克思： 在序文中，译者白亚仁指出"与余华的不少其他作品相比，《在细雨中呼喊》离作者的生活经历似乎更近一些"。此书自传的成分到底大不大？这个问题有意义吗？此书的自传性质有多重要？

余　华： 在我完成的四部长篇小说里，《在细雨中呼喊》和《兄弟》的人物的年龄和经历与我最相近，所以认为它们与我的个人生活最接近是很正常的。其实这两部小说里的自传成分和我的另外两部小说《活着》和《许三观卖血记》一样多，对于一个作家来说，每一部作品都是他的自传，也可以说都不是他的自传。因为作家在他的每一部作品里都倾注了自己的内心情感和生活感受，来创造出不是作家本人的人物，只是有些作品中的人物与作家的年龄经历相近，有些作品中的人物相远而已。

马克思： 中国人怎么看《在细雨中呼喊》对共产主义的批判态度？

余　华： 还没有一个中国读者告诉我，《在细雨中呼喊》表达了作者对共产主义的批判态度。这个问题我在中国不会遇到，可是在西方经常遇到。我认为我写下了中国人的生活，当然生活是包罗万象的，包括了历史、政治、经济、地理等等，也包括了人的思想、情感和梦想等等。中国的读者在中国的社会体制里生活过来，他们阅读我的作品，只是感受到我写出了他们熟悉的生活。而西方的读者因为在不同的社会体制里生活，所以他们总是对我作品中的一些政治因素十分敏感，这也是很正常的。

马克思：您希望以英语为母语的读者读完《在细雨中呼喊》后会有什么样的收获，什么样的心得？

余　华：《在细雨中呼喊》的原文是很优美的中文，我的朋友白亚仁用很优美的英文翻译出来了，我希望英语读者在品尝白亚仁优美的英文时，可以想象中文的美丽。然后我希望英语读者可以感受到中国人的生活态度和生活历史，这和西方人的生活有所不同；最后我真正希望看到的，就是英语读者能够在这本中国小说里读到他们自己的感受，或者唤醒他们记忆深处的某些情感。

马克思：《在细雨中呼喊》在某种程度上符合成长小说的模型，比如，它描述一位被异化的年轻叙述者对性的探索，以及他尽量逃避让他窒息的家庭生活的经历等情节。但同时，另外还有一个儿子用他父亲的尸体做武器这样的超现实主义情节。这本书离现实到底有多近或者多远？

余　华：事实上从写作开始我就不希望这是一部成长小说，虽然它具有成长小说的模型，我希望通过这样一种叙述方式表达出更加广阔的内容，所以我也写下了作品中"我"出生前的故事。我坚信一部优秀的小说在叙述上应该是自由的，应该有时候离现实很近，有时候又很远。我觉得《在细雨中呼喊》做到了这一点，它和现实的关系就是这样，时远时近。

马克思：您的早期著作的实验风格曾经引起争论，后来在《活着》与《许三观卖血记》中就转变到较传统的叙述方式。在这个演变过程当中，《在细雨中呼喊》的位置是什么？它与您的其他作品的关系是什么？

余　华：中国的批评家们一直在津津乐道我从《在细雨中呼喊》以后的改变，讨论我的写作风格为什么越来越朴素了，他们研究我的时候连我的儿子也不放过，说我是当上了父亲以后才变得朴素起来，我觉得他们说得都有道理。但是我自己真正感受到的变化是，从写作《在细雨中呼喊》开始，我发现虚构的人物会有他们自己的声音。这是我以前写作短篇小说所没有的经验，短篇小说篇幅太短了，我还来不及听到人物自己的声音，故事就结束了。长篇小说就不一样了，我有足够的时间来倾听虚构人物的声音，这是很奇妙的，写作进入到美好状态时，常常会感到笔下人物自己说话了。然后我意识到，虚构的人物其实和现实中的人一样，都有自己的人生道路。作者应该尊重笔下的人物，就像尊重他生活中的朋友一样，然后贴着人物写下去，让人物自己去寻找命运，而不是作者为他们寻找命运。于是我的写作就会不断地出现意外，这是《在细雨中呼喊》给我带来的乐趣，从此以后我真正明白了什么才是写作的乐趣，后来完成的《活着》《许三观卖血记》和《兄弟》，让我不断扩大了这样的乐趣。现在当我回想起自己以前写下的人物时，我常常觉得他们不是虚构的，而是曾经在我生活中出现过的朋友。

马克思： 您的作品已被翻译成了好几种外文。您现在写作时，心里是否考虑到国际读者的兴趣和需求？

余　华： 不会考虑国际读者的兴趣和需求，就是中国读者的兴趣和需求我也不会考虑，因为我无法考虑。我的写作不是面对一个或者几个读者，而是几十万和几百万的读者，中国有句俗话叫众口难调，再好的厨师做出来的菜也不会让所有人都爱吃。我只能按照自己的方式写作，我尊重读者，但是我不会因为他们的兴趣而改变自己的写作。好比是一位 NBA 的主教练，如果他按照球迷的意见来布置上场球员，那么一场比赛他将会让四百多个球员上场，当然这是规则不允许的，NBA 联盟里总共只有四百五十个球员。

马克思： 您最新的长篇小说《兄弟》讲了两个兄弟的故事，记述了他们在当代中国怎么去谋生，记述了他们在事业上、在性生活中的哀乐兴衰，在中国是畅销书。如果您要把《在细雨中呼喊》与《兄弟》做比较，您觉得主要共同点与不同点是什么？

余　华：《在细雨中呼喊》和《兄弟》有什么相同的地方？有一点相同，就是里面主要人物的年龄都和我这个作者相近。《兄弟》分成上下两部，上部讲述的是"文革"时期的故事，下部讲述的是今天中国的故事，这是两个截然不同的时代，我用了天壤之别这个成语。我很高兴《兄弟》的英文翻译已经完成了初稿，我的编辑芦安已经和她的助手一起，还有一位文字编辑一起开始编辑工作了，2008 年秋天的时候，将由"万神殿"出版。

马克思：从写作《在细雨中呼喊》的时候到现在，中国对作家的态度产生了什么样的变化？在市场经济的环境中，作家的地位与待遇比以前好，还是比以前差？

余　华：西方的记者总是惊讶我的作品为什么没有在中国被禁止，可是在中国，无论是读者还是记者，没有人认为我的作品应该被禁止，从这一点就可以看出来，中国的政治气氛和社会气氛越来越宽容。当然今天的作家面临新的挑战，在市场环境里如何存在？有一些作家的地位和待遇确实比以前好多了，可是还有一些作家可能更差了。这是市场环境的共性，其他行业也一样，不会所有的人都好起来，总有一些人的处境更糟糕。

2007 年 10 月 11 日

答《纽约客》小说主编德博拉·特瑞斯曼

特瑞斯曼： 《纽约客》这一期刊载的你的小说《胜利》，涉及
一个相当普遍的情况：一个女人发现她的丈夫对她
不忠诚（起码情感上如此，即使没有发生性关系）。
然而，与其说这个发现的后果是一次婚姻中的危机，
不如说是一种意志的战斗。据你的理解，林红为什
么以她这个方式应对她的发现？

余　　华： 是的，这个故事讲述的确实是一种意志的战斗。林
红发现丈夫李汉林的不忠之后的反应是惩罚他，不
是结束婚姻，可是她又没有找到惩罚的方法。在这
场意志的战斗中，看上去林红占据了主动，其实没
有，她一直处于被动之中，她在等待李汉林惩罚自己，
等待李汉林找到解决这场危机的方法。李汉林在家
里低声下气，唯恐什么地方惹怒了林红，看上去他
十分被动，实际上他并不被动。两个人在面对这个

危机时，采用的方式虽然不同，可是都在消耗对方的意志。因为双方都不想因此结束婚姻，所以意志的拉锯战只能持续下去，用中国人的话说是钝刀子割肉。

特瑞斯曼：小说的题目，以及最后几句话，意味着林红是这场战斗的胜利者。但是，她到底赢得了什么？

余　华：小说结尾的时候林红胜利了，在她的要求下，李汉林做了似乎是羞辱自己情人的动作，至少在林红看来是这样。当然她只是在心理上胜利了，婚姻继续下去，此外她并没有赢得什么。

特瑞斯曼：你很小心地不让我们从李汉林的角度了解这个故事，除了个别比较关键的地方以外。他是否也觉得他获得了胜利，还是他会觉得他输了？

余　华：李汉林被林红发现婚外情之后，一直夹着尾巴做人，其目的就是保住婚姻，所以相比林红，他更像是一个胜利者。不同的是，林红是一个公开的胜利者，李汉林是一个隐秘的胜利者。

特瑞斯曼：在林红发现丈夫的秘密以前，你如何想象这一对夫妻的婚姻？

余　华：这个问题很重要。我在写小说的时候，必须去考虑很多不会写进小说的内容，这些会帮助我更加准确地去叙述小说中所要表达的内容。我设想过林红和李汉林之前的婚姻状态，就像比较普遍的婚姻那样，

他们的生活很平静，很少有争吵的时候，也很少有
兴奋激动的时候，与其说是他们正在相爱，不如说
是他们正在生活。反而是危机出现后，他们发现是
相爱的。

特瑞斯曼：《胜利》被收入《黄昏里的男孩》一书，这个集子
的英文版将于明年1月出版。此书的副标题是"隐
秘的中国的故事"，许多篇章的主人公是处于劣势
的小人物，是在当代中国社会受欺负的弱势者。你
认为林红也属于这一类人群吗？这些故事在什么意
义上是"隐秘的"？

余　华：这部集子表达的是中国人的日常生活，在今天的社
会里，人们关注的是一系列事件，日常生活总是被
忽略，事件成为公开的故事，日常生活反而成为隐
秘的故事。我想，这可能就是"隐秘的"在文学中
出现时的意义。

特瑞斯曼：在你以前的一些作品中，例如《活着》与《兄弟》，
你触及了特殊时期残忍的暴力。《黄昏里的男孩》
收集的小说，显得更温和。这是因为你作为写作者
发生了转变，还是因为你的国家发生了转变？

余　华：我的写作总是在变化，因为我的国家总是在变化，
这让我的感受变了，看法也变了。另一方面，我的
写作有着不同的层面，有《活着》和《兄弟》这样
触及"文革"的作品，也有《黄昏里的男孩》这样

温和的作品。这和我具体的写作有关，有时候是题材决定的。比如我刚刚出版的小说《第七天》，表达的是今日中国，具体说是 2011 年中国的现实。讲述了一个人死去后的七天经历，生者的世界充满悲伤，死者的世界却是无限美好。这是一部用借尸还魂的方式来叙述现实的小说，我自己觉得写得很有力量。

2013 年 8 月 19 日

答《洛杉矶书评》编辑梅兰

梅　兰：　在中国作家当中，您喜欢看谁的作品？您更喜欢看哪样的作家的作品（比如说批判的、文化散文大家、历史小说家，等等）？为何？在中国历史上最被低估的作家是谁？最被高估的呢？为何？

余　华：　古典小说中我最欣赏的是笔记小说，从唐宋传奇到明清笔记小说，很短很传神，作者也很多，无法一一列举。古典散文首推《古文观止》，这是必读书。20 世纪的作家里，鲁迅应该是我最喜爱的作家，他写下的每一个字都像是一颗子弹，直奔心脏而去的子弹。鲁迅同时代的郭沫若是中国现代文学史上最被高估的作家，沈从文曾经是最被低估的作家，但是现在他已经获得了应有的文学地位。

梅　兰：　您说郭沫若是中国现代文学史上最被高估的作家、沈从文是最被低估的作家，为什么？请您详细说明一下。另外，您没有提到任何 21 世纪的作家，为什么？

余　华：郭沫若在很长一段时间里有着和鲁迅一样的文学地位，可是他写下了什么，现在已经没有什么人关心了。沈从文虽然在"文革"结束以后被中国大陆的文学界和读者重新认识，但是我觉得他的文学价值直到今天仍然是被低估的，很多作家在小说里描写景色时只是景色，他笔下的景色像人物一样有血有肉，这是了不起的。至于 21 世纪的作家，他们还在继续写作，评价他们还需要更多的时间。

梅　兰：请您简单地谈一下当前中国文学的格局及其面临的问题。

余　华：中国当前的文学可以说是丰富多彩，什么样的作家都有，于是什么样的文学也都有了。从我个人的角度来说，当前中国文学面临的最大问题是如何表达今日中国的现实。因为现实比小说荒诞，如何用小说将荒诞的现实叙述出来不是一件容易的事。

梅　兰：在几十年中，中文的变化大不大？有的人说不能用老眼光来评价现在的中文和文学，但是也有人说目前中文面对西化危机，而危机日渐迫近。您同意哪个看法？怎能长保中文的健康？

余　华：中文变化很快，但是主要不是西化的问题，是网络语言的冲击，我时常看不懂新冒出来的语言，需要去查询才能明白其意思。不过我没有因此担心，语言其实一直在自我更新，有价值的新语言会留存下去，没有价值的会自然消亡。

梅　兰：　您怎么看老百姓的阅读习惯？比如说阅读后反思了吗？几年来，各种智能移动终端的崛起，极大改变了人们在阅读上的行为习惯。作为中国作家，您怎么看这个趋势？

余　华：　在地铁里，我看到人们都在用手机阅读了，几乎看不到有人手里拿着书。我很难想象用手机阅读《安娜·卡列尼娜》，我想他们用手机阅读的小说大多是快餐式的小说。由于长期使用手机，现在中国年轻人的大拇指关节磨损很快，疼痛开始折磨他们了，也许有一天中国的年轻人会回到正常的阅读方式。我觉得使用 Kindle 阅读还是不错的。

梅　兰：　您的作品在中国和西方国家都受欢迎，吸引了来自世界各地的读者。这对您来说有什么意义？为什么您的作品有如此广泛的吸引力（就像张爱玲，她的作品也很受中西方读者的欢迎）？您觉得中国目前还有哪些作家可以像您这样受到如此的拥戴？为了吸引西方读者的兴趣，中国作家要克服什么困难？

余　华：　我很难解释这个现象，只能用幸运这个词汇，我确实非常幸运。我在中国拥有很多读者，在西方也有不少读者喜欢我的作品。我在写作时从来没有去考虑读者是否会喜欢，更不会去考虑西方读者是否会喜欢，因为读者是各不相同的。我是一个对自己很严格的作家，与同时代的中国作家相比，我的作品很少，因为我从来不宽容自己，必须要让自己非常满意才会将作品拿出去出版。如果我有什么成功的经验的话，就是我写作的时候精益求精。

梅　兰：您说中国当前的文学是丰富多彩的，但是当我们谈及中国文学历史上的作家时，我们主要谈到的是男人。女作家在哪儿呢？您怎么看女作家？在思想界文艺界，两性代表重要吗？为何？

余　华：可能是男作家在数量上比女作家多，所以谈论中国文学时更多地谈论男作家。其实中国从来就不缺少杰出的女作家，比如你提到的张爱玲，还有现在的王安忆。我觉得在文学领域，性别不重要，比如王安忆的不少小说，很难判断出其作者女性的性别。优秀的作家在写作的时候常常是中性的，既要写下男性，也要写下女性，而自己写作的时候是不男不女。

梅　兰：文学批评有什么意义？重不重要呢？在中国，当前文学批评的状态如何？前几天在《南方都市报》上陈思和说文学批评更要关心现实世界。您同意这个看法吗？为什么？

余　华：我赞成陈思和的观点，作家要关心现实世界，批评家也要关心现实世界。在中国，有不少人认为文学不应该叙述太多的现实，认为文学应该不和任何东西发生关系。陈思和的一位学生——复旦大学的教授张新颖，说文学如果不和任何东西发生关系，那么文学是个什么东西？文学可能不是个东西了。

梅　兰：　怎么培养文学青年人才？

余　华：　在中国，年轻的作家都是自己冲出来的，不是培养出来的。因为中国大学的文学教育不像美国的大学，美国优秀的作家和诗人在大学里教授写作，中国的大学里主要是教授文学理论批评和文学史。

梅　兰：　到中国书店，到处都有所谓的"自主"书或者"如何赚钱"的书。那么，谁在看严肃小说？谁在看纪实文学？读者越来越少的话，这类的书是否会逐渐消失？

余　华：　确实如此，如何挣钱和如何成功的书非常受欢迎，严肃小说和纪实文学的读者在减少，这个好像全世界都一样，但是好在只是减少，而且减少的速度还不是很快，总是会有新的读者成长起来，他们喜爱严肃的文学作品，所以我一点也不悲观。今天有一位中学生告诉我，他说和同学分享阅读我的《兄弟》，结果被老师发现后没收了，老师训斥他带这样的书来学校是毒害自己毒害同学。因为老师要求他们多读课本，可以在考试时有好的成绩，但是他们仍然在读文学作品。

梅　兰：　有人说时势造英雄。您认为一个作家的成功是因为他所处的时代还是因为其个人的能力和努力？比如，您觉得您的作品之所以会成功，是否有赖于所处历史社会的独特性呢？当今社会进程又将如何影响青年作家的未来发展呢？

余　华：　我认为任何一个作家都无法脱离自己和时代的关系，当然表达方式会不一样，有些作品看上去与时代疏远一些，有些作品看上去与时代紧密一些，不管怎样，时代对一个作家的影响是深入到血液里的，作家写作的时候会不知不觉将这个时代给予他们的感受描述出来。我自己觉得生活在今天的中国是幸运的，因为可以叙述的故事太多了，但是叙述的角度很重要，当社会现实比小说更加荒诞时，对于作家叙述的要求也更高了。中国社会的异化已经伤害到了整整一代年轻人，他们崇尚物质主义，但是随着社会问题越来越多，中国的青年作家会改变的，他们最终会像我们这一代作家一样关心社会现实。

梅　兰：　您现在有什么正在进行中的作品吗？

余　华：　继续为《纽约时报》撰写专栏文章。今年上半年为他们写了六篇，现在计划从今年 10 月到明年 10 月写十二篇，每个月一篇。

2013 年 10 月 25 日

答美国《科克斯评论》编辑梅根

梅　根：　这些短篇小说是在 1993 年到 1998 年之间写的。它们在中国发表了吗？为什么要等那么久才在美国出版？

余　华：　它们在中国发表了，发表在不同的文学杂志上。差不多十年前，白亚仁已经将它们翻译成英文，我的编辑芦安也看了译稿，她很喜欢，计划在美国出版这些故事，可是她一直没有找到合适的出版时机，因为从 2003 年到 2011 年的八年里，她出版了我另外的五本书，出版了精装本后还要出版平装本，比如 2011 年年底出版了《十个词汇》的精装本，2012 年年底出版了平装本，所以 2014 年 1 月出版这些故事是一个好的时机，芦安找到了一个空隙，到了 2014 年年底，我的新长篇小说《第七天》也要出版英文版了。

梅　根：　《胜利》曾刊载于 2013 年 8 月的《纽约客》，您也
　　　　经常为《纽约时报》撰稿。您收到美国读者的什么
　　　　反应？对您来说，让美国读者读到您的作品是否重
　　　　要，或者是否是您很期待的事情？

余　华：　美国读者的反应很正面，不少人表示欣赏我所写下
　　　　的这些，无论是小说，还是在《纽约时报》上发表
　　　　的文章，他们喜欢里面的幽默和感人的描写。美国
　　　　是世界上最大的图书市场，可是很多美国读者对外
　　　　国的故事没有兴趣，外国作家想在美国出版作品很
　　　　困难，我很幸运，遇到了芦安。美国读者对于任何
　　　　一个外国作家来说都是重要的，对于非英语国家的
　　　　作家，英语读者的重要性仅次于母语读者的重要性。

梅　根：　从 20 世纪 90 年代到现在，世界发生了很多变化，
　　　　尤其在技术上、在社会交流上。《黄昏里的男孩》的
　　　　故事在今天的中国也同样会发生吗？还是手机等工具
　　　　的普及对原有的交流方式已经造成了很大的改变？

余　华：　《黄昏里的男孩》写下的是人性的故事。是的，世
　　　　界一直在变化，人也在变化，可是总是有一些东西
　　　　是不变的，比如人性中的东西，自私和残酷等等，
　　　　同情和怜悯等等。中国有句俗语：江山易改，本性
　　　　难移。《黄昏里的男孩》写下的是本性难移这部分，
　　　　所以这里面的故事现在同样会发生，将来还会发生，
　　　　只是发生的方式和背景会不一样，实质是一样的。

梅　根：　我们在书中经常看到欺负人的情况：市民侮辱一个
　　　　　傻子（《我没有自己的名字》）与一个老实巴交的
　　　　　孩子（《我胆小如鼠》）；一个流氓在澡堂外面跟
　　　　　人打架（《朋友》）；一个小贩为一个并不严重的
　　　　　罪过进行残忍的处罚。为什么这些人物用这种做法
　　　　　来建立他们的权威？这样的行为，价值何在？

余　华：　这是我们的生活，也是你们的生活，你指出的这些欺
　　　　　负和侮辱别人的人都是生活在社会底层的人，他们同
　　　　　时也是被欺负者和被侮辱者，这样的故事每天都会在
　　　　　世界各地发生。关键是作者如何去叙述这些故事，我
　　　　　认为作者应该满怀同情和怜悯之心去叙述这些故事。
　　　　　你提到一个小贩为一个并不严重的罪过对一个孩子进
　　　　　行残忍的处罚，这篇是《黄昏里的男孩》，我的一位
　　　　　老朋友翻译完这个短篇小说后说，作者不恨孙福。孙
　　　　　福就是那个残忍处罚男孩的人，我在结尾的时候用很
　　　　　短的篇幅讲述了孙福的不幸经历。

梅　根：　近年来，您的书、短篇及社评文章都是由白亚仁译
　　　　　成英文。作者和译者之间的关系是什么？这种持续
　　　　　的合作有些什么好处？

余　华：　白亚仁是研究中国古典文学的教授，是英文版短篇
　　　　　小说集《往事与刑罚》和《许三观卖血记》的译者
　　　　　安道介绍给我的，十多年前他来到北京，表示想翻
　　　　　译我的作品，我很好奇，一位中国古典文学的专家

将会如何翻译我这个当代作家的作品？他给我几篇用中文写的论文，我读完后觉得他的中文好极了，很有文采，当时觉得可能是有中国朋友替他润色过的，后来十多年的交往让我真正了解他的中文水平，没有他不知道的词汇，无论是聊天还是写信，他没有外国人通常会出现的语法和用词错误，他用中文写下的文章不需要中国朋友的帮助，而且他有着很高的文学修养。我们合作十多年了，非常愉快，还会一直合作下去，这种长期和紧密的合作让我们越来越了解对方，越来越轻松。

梅　根：　您为什么写作？作为作家，最让您自豪的成就是什么？

余　华：　写作让我拥有了两条人生道路，一条是现实的，一条是虚构的。有意思的是，当现实的人生道路越来越贫乏之时，虚构的人生道路就会越来越丰富，这是我为什么写作的原因。作为一个作家，我知道小说是无法改变社会现实的，但是小说可以改变读者对社会现实的看法，这是让我感到自豪的理由。

梅　根：　您还有什么想让我们的读者知道吗？

余　华：　谢谢《科克斯评论》多年来对我作品的关注，谢谢《科克斯评论》的读者。

2014 年 1 月

答法国《解放报》

解放报： 您总是写得这么快吗？

余　华： 不，我是被书拖着走。我本想写两百页，但控制不
住我自己，写《兄弟》这本书时，我表现得很反常。
通常，我在写书时，有时会碰到几天写不下去的情况，
但这次，却完全不同，我状态非常好，我的思绪比
电脑还快。

解放报： 《兄弟》中有人不知廉耻地在公共厕所里看女孩的
臀部。您在书中安排这个场景是为了激起读者的反
感还是为了吸引读者？

余　华： 这在"文革"中是比较普遍的，有人在公共厕所中
窥视女人。那是一个性压抑的时代，这就是我要展
示的。好像其他中国作家都没有这样写过。我这样写，
使一些读者很生气。其实我只是写了有人做过但又
不想说的事。

解放报： 书的整体是相当拉伯雷式的（放纵的）。

余　华： 我很欣赏《巨人传》，其中有一句话是这样说的：“如果不想被狗咬着，最好的办法是跑在狗的屁股后面。”在中国，当有人问我一些有关《兄弟》的问题，我都会用这句话回答。这句话的意思是应该找一个与人们的习惯完全不同的角度；一个看上去很笨，其实很聪明的角度；应该逆向做事。这本小说引起许多争论，部分原因是有人认为它太粗俗。可是这部作品就是跑在狗的屁股后面，这是他们没有明白的。有个批评家对我说：你小说中说捡破烂的人成了亿万富翁，这是不可能的。几个月后，中国的新首富出来了，是回收废纸出身的。另一个例子，为了把宋凡平的尸体放入棺材，人们折断了他的膝盖。有人给我写信说这样的事真的发生过，他亲眼看到了。问我写的是不是他看到的那个人。

解放报： 您是根据自己的经历写了这本书吗？

余　华： 我父亲很幸运。他是个外科医生，“文革”开始时他挨整，被下放到乡下，他手术做得好，农民都很喜欢他。当造反派想把他带回城里批斗时，找不到他：农民把他藏起来了。当“文革”最为暴力的时期过去后，他回来了，所以他没有挨批挨打。但是我始终生活在恐惧之中，我害怕他们逮捕我的父亲。

解放报： 两兄弟的父亲受尽折磨却极有想象力，并且意志坚强。您是受《美丽人生》启发吗?

余　华：　在中国,一些读者因为我的书想起电影《美丽人生》。我倒没想到。我想到了一个同学的父亲。三个月里,他每天遭受折磨,后来他投井自杀了。前一天,我还看到他和儿子一起在街上走过来,看到他笑得很开心,第二天他的儿子哭着来上学。我在写这本书的时候,这个场景不断在我脑海中萦绕。

解放报：　您在小说中塑造了一个反面人物和一个正面人物吗?

余　华：　我描写了两个人,他们的道路分岔走向两个极端。母亲担心流氓儿子李光头以后命运会不好,她相信正直的宋钢会很好地生活下去,她希望宋钢能够照顾李光头。可是时代变了,诚实正直的人被淘汰,李光头反而有了一个很好的命运。这兄弟两人有许多我自己的影子。我有一个高中同学因为太穷而自杀。以前我回家乡的小镇会去参加同学聚会,后来我不愿意去了。境况悬殊太大了,成功者太傲慢,失败者有自尊,这种聚会总是不欢而散。我在1977年离开家乡的中学,毕业时没有想到二十多年后变化会有这么大,人的命运会那么不同。在"文化大革命"时,人们认为情况一直会这样,什么也不会改变。

2008 年 4 月 24 日

答法国《十字架报》

十字架报： 您小说中的两兄弟体现两种不同的价值观，李光头，
"无赖"一个，却比"忠厚"的宋钢活得好：在您看来，
这是今天的悲剧吗？

余　　华： 我没有想过这是不是今天的悲剧。像宋钢这样的人，
体现中国传统价值观的人——诚实而有尊严——同
时也是人数最多、最为脆弱、最容易被淘汰的。李
光头，毫无道德可言，是这个时代的混世魔王。金
钱和成功让他更加玩世不恭。在《兄弟》里，我不
是从医生的角度出发，而是从病人的角度出发来
写的。即使如此，我还是希望我们这些病人可以
康复。

十字架报： 您小说中的一些场面，在七百页的纸卷中显得极为
原始。

余　　华： 在这样的时代里，我觉得自己的生活极为渺小。我

总是考虑用幽默来传递自己的判断。我的故事描写
了中国四十年来所发生的具有代表性的事情。比如
选美比赛，在 20 世纪 90 年代比比皆是，甚至餐厅
也会组织醉美人比赛，让她们不停地喝酒……选美
丑闻确实存在。我的小说里很大部分是讽刺——这
种中国人能理解的写作方式，同时还有其他方式和
语言——我所写的一切都是基于现实的。

十字架报：您的小说都出版了吗？

余　　华：我写下的所有小说都出版了，这也说明中国一直在
进步，要是十年前这本书是不会出版的，今天它可
以出版，但是还不能改编成电影，也许十年后可以
拍摄成电影。

十字架报：在您的后记中，你引用了耶稣根据圣人马太启示选
择窄门的典故。

余　　华：我读过中译本《圣经》两次，对我来说，这是世界
文学中非常伟大的作品，虽然我不是一个信徒。我
所引用的窄门是最接近现实的例子，如果想找到出
路，正确的出发就是走进窄门。

2008 年 5 月 29 日

答法国《人道报》

人道报：　《兄弟》讲述了从 1960 年代到今天的一代中国人的故事。您在后记中写道，"一个西方人活四百年才能经历这样两个天壤之别的时代，一个中国人只需四十年就经历了"。这是理解或接近当代中国的一个信息或途径吗？

余　华：　四十年来，我们经历了从禁欲到宣泄这样两个时期。这样的转变对于西方人是不可想象的，前一个物质极其匮乏和意识形态极其狂热，后一个追求金钱时欲望的急剧膨胀，两个都是狂热的。今日中国经济的发展途径类似于过去的"文革"时的政治途径，两个时期存在一个共通点，就是狂热，对政治的狂热和对金钱的狂热。

人道报：　《兄弟》受到中国公众的巨大推崇，但你也尖刻地讽刺了某些场面。如您所说，"中国很多方面还是

　　　　　不容乐观"。您如何描写当下中国?

余　　华：　在中国,当作家谈及过去时,没有什么争论,而描
　　　　　述当今社会则会争论很多。因为过去时代的人不会
　　　　　从坟墓里爬出来指出作家什么地方写错了,而今天
　　　　　中国的读者来自不同的区域,因为不同的习俗和经
　　　　　济发展的不平衡,读者的生活经历也不一样,一些
　　　　　读者因此认为《兄弟》里的某个细节不真实,比如
　　　　　可口可乐,经济发达的沿海地区 1980 年代中期就有
　　　　　了,而中西部贫困地区直到 1990 年代才有。这样的
　　　　　批评可以理解……李光头在公共厕所偷看女人屁股,
　　　　　是"文革"时禁欲所致,这也是那个时代司空见惯
　　　　　的事。1990 年代以来,选美比赛风靡中国,不论在
　　　　　大城市或是小城镇都是广受欢迎。修复处女膜手术
　　　　　在不久前的中国流行过,网站和商店出售人造处女
　　　　　膜也不是什么新鲜事。当这本书 2006 年出版下部时,
　　　　　《纽约时报》的记者在采访我之前也怀疑有没有人
　　　　　造处女膜,他让助手在互联网上看看是否能买到人
　　　　　造处女膜,竟然发现超过一百种的品牌,人们还在
　　　　　一些网络社区里讨论和推荐最好用的牌子。

人道报：　《兄弟》不同于您以往的小说,它混合了雨果式的
　　　　　戏剧性和拉伯雷式的漫画性。您认为这是您创作中
　　　　　的一个转折点吗?

余　　华：　这部小说诞生了一个新的余华。我有十年时间不敢

放任自我，我对自己的写作曾经心存疑虑。在这部
小说中，你认为我是混合了雨果式的戏剧性和拉伯
雷式的漫画性。也许是这样，虽然我在写作的时候
没有想到他们。这可能是我最重要的创作，这不仅
是我个人的一种新小说、新文学，也是社会现实的
投影。所以有经济学家用这部小说作为教材，让他
的学生阅读。写这本小说之前，我不认为文学可以
产生如此的社会影响，可以让读者提出关于社会问
题的看法。李光头和林红之间的故事象征着中国人
不断变化的价值观。最初时，林红坚定立场，嫁给
了宋钢。"文革"期间，直到1980年代初，中国的
女性更多选择善良和英俊的男子。今天，她们更倾
心于拥有像李光头这样成功的丈夫。

人道报： 经过三十年的改革，对于未来您有何展望？

余　华： 能够代表我对未来看法的也许是李光头，不是宋钢，
因为后者没有未来。与此同时，变革的速度之快，
也是我所担忧的。在中国，经济发展太快，而其他
方面却滞后。

人道报： 他们今天想的仅仅是这些吗？

余　华： 改革初期，农民是主要的受益者，工人尚未经历企
业破产和下岗。如今形势发生改变，不稳定因素增加，
不再只是知识分子和学生的问题，如今社会问题更
多地触及工人和农民。北京奥运会后我们将步入一

个关键时期，电和成品油价格的调整势在必行，还
有粮食和其他原材料。政府主要关注焦点仍是控制
物价上涨，以及由此引发的不满。至于政治自由化，
中国不能与西方国家相提并论。社会现实不同，中
国的过去与西方的过去不同，今天同样也会不一样。

2008 年 6 月 23 日

答瑞士《时报》

时　报：　在您的书中，为什么绝大多数讲述小人物？

余　华：　我来自浙江的一个小城镇，我就是小人物，也和小
　　　　　人物一起生活。尽管我的父母是医生，他们也是小
　　　　　人物。我与穷苦人家的孩子一起长大，当我开始写
　　　　　作时很自然讲述起了他们的生活。

时　报：　您是如何成为一个作家的呢？

余　华：　我成长在"文革"期间，我没有读过大学，那时的
　　　　　高中也只是读两年。因为"文革"，我没有好好读书。
　　　　　那个时候的中国，个人不能选择工作，工作是由政
　　　　　府分配的，我被分配去做牙医，那时我十八岁，我
　　　　　非常不喜欢这份工作。二十三岁时，我就没再做牙医，
　　　　　去了文化馆工作。这要通过很多手续，首先要证明
　　　　　我有写作才华，我是利用工作之余的时间写作。刚
　　　　　开始时，我认识的汉字不多，大约就三千多个，这

恰恰成了我写作的优点，我的叙述语言很简洁，成了我的风格，这就是为什么很多读者能读懂我的作品。现在我掌握了一万多字了，但我还是保持简洁的叙述风格，这是我的标志。在文化馆，日子过得很惬意，我不用去上班，我和我的同事每年编辑一期杂志就行，后来因为没有经费，杂志没有了，我也就没事可做了。我每天睡懒觉，睡醒了开始写小说。

时　报：　您写过关于卖血这样的故事，《兄弟》也同样批判色彩很浓。您没有遇到审查方面的问题吗？

余　华：　我的书在中国没有遇到过麻烦，还用于教材。《兄弟》出版后遭到很多批评，有西方记者说这些批评是政府组织的，我告诉他们不是这样，所有的批评都是民间自发的。

时　报：　为什么中国富强了，社会批评还在？

余　华：　社会批评的存在标志着这个社会是健康的，越是富强的社会越是需要批评的声音。

时　报：　然而，贫困人口已经减少。

余　华：　是的，贫困人口每年都在减少。改革开放使一部分人富裕起来，还有很多穷人，这就是《兄弟》所要讨论的。"文革"是一个物质匮乏的时代，相当于欧洲的中世纪；今天中国的上海、北京都已是世界上最发达的城市了，这样的过程在中国只需四十年，在欧洲却需要四个世纪。可是中国还有很多贫穷地区依然处于欧洲的中世纪，我的意思是说，目前中国最为富有的地区和最为贫穷的地区可能差了四个世纪。

2008 年 5 月 24 日

答意大利《共和国报》

共和国报： 《兄弟》这两部小说通过"文化大革命"时期和改
革开放时期的比较来描写中国的巨大变化。引用弗
雷德里克·詹姆逊的理论，您是否有了建立一种"国
家的神话"的想法？

余　　华： 最近这二十多年，弗雷德里克·詹姆逊经常来中国，
他有一个强烈的感受：中国所发生的一切都是超现
实的。这也是我，一个生活在中国的作家的感受。
是的，我确实想在《兄弟》一书里建立起"国家的
神话"，来对应中国这四十多年中诞生的国家的神话，
我的意思是先有中国历史和现实的国家神话，然后
才有《兄弟》中的"国家神话"。当然《兄弟》的"国
家神话"是非官方的，是民间的讲述。这就是为什
么我要用"我们刘镇"这样的叙述方式，这是一个
由刘镇的很多人共同来讲述的"国家神话"，有时

候是一两个人在讲述，有时候是几十个人甚至几百个人在讲述。所以《兄弟》的叙述风格是躁动不安的，是多种叙述语调同时进行的。

共和国报：　你在访谈录里好像透露说在美国旅游的时候，就是正在写一种历史性的小说或一部散文集时，便决定开始写《兄弟》。是真的吗？请你给我谈谈《兄弟》上下部的写作过程……

余　　华：　其实在 1996 年，我已经开始写作《兄弟》了。谢天谢地，我没有写下去。1996 年时的中国和"文革"时的中国已经差别很大了，可是从今天来看，那时候的差别仍然不够大。所以当我 2004 年春天从美国回到北京后，重新写作这部小说正是时候。现在回想起来，1996 年没有继续写下去是命运的安排，如果我那时候就完成这部作品的话，我会浪费一个伟大的题材，那时候写不出这个来自民间的"国家神话"。

共和国报：　你和你同一代的作家好像对重写过去的兴趣非常大，特别是重写离今日不远的"文化大革命"。在《兄弟》这样的作品中回忆有多重要？

余　　华：　我是在"文革"期间成长起来的，一个人成长的经历会影响其一生。我过去的很多作品都涉及了"文革"，不过我都是将其作为背景来处理的。这次在《兄弟》里我第一次用正面的方式叙述了"文革"，

　　记忆就像大海的浪涛一样回来了。即便是下部里关于今天这个时代的故事，记忆仍然汹涌澎湃。根据我的写作经验，回忆在一部小说中的重要性不是因为时间的特性，而是由叙述的方式决定的。如果是从某一个角度来写作，回忆会像小河的流水一样清晰，有时也会出现急流，可是仍然是河床里的急流；如果是用正面的叙述方式来表达时代和社会的方方面面，不论是优雅的，还是粗俗的，都不能回避之时，此刻的回忆就会像海啸一样，大片地回来了。回忆在《兄弟》的写作过程中就像是海啸来了。

共和国报：　你的作品里经常有二元性的特点，例如《兄弟》里出现下面的：情节上的两个兄弟，历史上的"文化大革命"时代和当代的二元性，小人物中的两个知识分子，主题上集体和个人的二元性，连小说都是上下两部……你对二元性对比的注重来源于什么？

余　华：　我想，我是为了表达出我们中国人生活在巨大的差距里。"文革"时代和今天时代的差距，这是历史的差距；李光头和宋钢的差距，这是现实的差距。你所指出的二元性，在中国的过去和今天无处不在。几年前 CCTV 有一个节目，六一儿童节的这一天，采访中国各地的孩子们，问他们最想得到的礼物是什么？一个北京的男孩想要一架真正的波音飞机，可是一个西北贫穷地区的女孩只是想要一双白色球鞋。我在《兄弟》的后记里说过，"文革"时人性压抑的中国如同欧洲的中世纪，而今天中国生活的开放更甚于欧洲的今天，一个欧洲人要生活四百多年才能经历这样两个天壤之别的时代，一个中国人四十多年就经历了。可是北京男孩和西北女孩之间的差距，似乎又被分离到了不同的时代里去了，北京男孩仿佛生活在今天的欧洲，西北女孩仿佛生活在四百多年前的欧洲。这就是今天的中国，我们生活在历史的差距里，也生活在现实的差距和梦想的差距里。

共和国报：有的评论家把《兄弟》看作一种电视剧、好莱坞式的描绘，有的认为是一部完全成功的中国民间史诗性小说，我想知道的不是你对评论家所说的话的意见，而是你自己对小说的初心，你是寻找什么来写小说的？

余　华：十九世纪欧洲的现实主义文学给我们留下了一个传统，就是作家在面对社会现实时，应该从医生的角度来解剖它们的弊病。可是我认为在今天，在中国，在意大利，在世界各地已经没有医生了，我们全体都是病人，因为这个时代是我们共同推进的，这个时代中的所有弊病我们人人都有一份。我是从一个病人的角度来写作《兄弟》的，或者说是从疾病来写，然后写出了并发症。我想，一些批评家们不习惯这样的小说是很正常的，因为他们认为文学的叙述应该像是健康的医生在诊断病情。

共和国报：在《兄弟》中群众的角色是必不可少的，群众就是作为一种对应叙事，我特别欣赏这样的特点。我还感觉到喜剧、综艺节目的气氛，是这样的吗？

余　　华：开始我只是想写下李光头和宋钢的故事，后来发现需要很多群众参加进来，这样才能表达出时代和社会变化的气候，群众在《兄弟》里就是气候，既是政治的气候，也是生活的气候，一会儿下雨了，一会儿又天晴了，群众的态度是不稳定的，就像中国的一句俗话："墙头草，随风倒。"

共和国报：一般来说，知识分子在你的作品中是令人难为情的人物。你在《兄弟》里一直讥笑讽刺他们。这是为何？

余　　华：曾经有中国的记者问我对知识分子的态度，我反问他，应该用什么样的标准来衡量？如果用学历的标准，比如说大学毕业以上的学历，这样的知识分子在中国那就太多了；如果用另外一种标准，就是知识分子必须具有独立性和批判性，那么这样的知识分子在中国太少了。

共和国报：一位意大利评论家就这样描述你的小说："从文学角度来看（可是理所当然不只是文学的），中国重新完成了马可·波罗的路程，这次的方向是反向的，现在中国用西方的标准重新适应了，就出生了一种非常独特的混合物。"你同意这种观念吗?

余　　华：我同意这位意大利批评家的话,今天中国的社会形态就是这样一种非常独特的混合物。

共和国报：《兄弟》没有十九世纪小说典型的失望、沮丧,没有悲剧,倒有好多荒诞的因素,有喜剧。这是否是一种文学手段?目前你对这样的文学类型还是感兴趣吗?

余　　华：《兄弟》并没有创造中国的社会形态,只是反映了中国的社会形态。我仍然会这样写下去,仍然会这样表达我对中国的感受。

共和国报：你不像很多作家那样离开中国,你就住在北京?这是为何?

余　　华：作为一个中国作家,我觉得自己应该生活在中国。而且我的写作始终是自由的,我的作品出版也没有受到限制,所以至今为止,我没有离开中国的理由。我要叙述中国,就必须生活在中国。

共和国报：《兄弟》里的处女比赛、处女膜经济的突然兴起是否是一种传统和现代之间的关系的比喻?

余　　华：是的,是一种传统和现代之间关系的比喻;同时也是我前面提到的巨大差距的比喻,《兄弟》上部开始就是李光头在厕所里偷看女人屁股,到下部里处美人大赛时李光头公然用上了放大镜、望远镜和显微镜来看。性在《兄弟》里,同时也在中国社会里,从禁忌一下子就来到了放纵。

共和国报： 《兄弟》里的群众有一点幼稚、粗俗、愚笨，一般
人们看电视时就会变成这个样子，或可以说电视能
把这些都强调出来。这就是"我们这一代的实质"吗？

余　　华： 确实有这样的趋势出现了，电视，尤其是网络，每
天都在愚弄我们，把假的说成真的，把真的说成假的。
生活在今天这个时代，我有一种强烈的感受，就是
我们似乎生活在虚构中。二十年前，我就在电视里
见到过贝卢斯科尼，二十年后再在电视里见到他，
还是二十年前的那个样子。我在想，这个贝卢斯科
尼真实吗？

2009 年 4 月 18 日

答意大利《生活》杂志

生　活：　您的作品中经常出现"文化大革命"的年代，在您
　　　　　的小说《兄弟》里也是，请您给我们介绍介绍那个
　　　　　时代的重要性。

余　华：　我的童年和少年时代是在"文革"中度过的，也就
　　　　　是说我是在"文革"里成长起来的，所以"文革"
　　　　　对我的影响是决定性的，决定了我的性格和思维方
　　　　　式等等。"文革"对今天中国的影响也是如此，虽
　　　　　然它结束三十二年了，可是"文革"时期的很多方式，
　　　　　现在仍然存在，当然已经改头换面，用另一种方式
　　　　　表达出来。比如"文革"时全民革命，现在变成了
　　　　　全民经商。

生　活：　您在接受过的采访中说"文革"相当于欧洲的中世纪，
　　　　　还强调中国人经过四十年的时间经历了两个天壤之
　　　　　别的时代。从一种存在论的角度来看，对中国人民、

对你本人来说，这样的经历带来了一些什么？

余　华：　"文革"既是我个人的记忆，还是我们的国家记忆。就像一个人的记忆会影响他的生活态度一样，"文革"的记忆也同样影响了我们国家前进的方式。为什么我说从一个极端走向了另一个极端？当一个人压抑很久以后，突然爆发了，他就会变得比别人更加开放，一个国家也是如此。好比是荡秋千一样，这一端越高，荡到另一端时也会越高。

生　活：　"文革"结束以后，中国文化对权力的态度、看法有没有变化？有的话，是什么变化？

余　华：　最大的变化就是各种声音都有了，在"文革"时期只有一种声音，今天什么声音都发出来了。

生　活：　当下的中国是一个一直向现代化走的国家。现代化到什么程度，会把你们的过去都删除掉？

余　华：　过去是很难删除的，但是可以被淡忘。因为过去会存在于历史之中，以历史记忆的方式出现。确实，现在中国的年轻人已经不了解"文革"了，他们没有亲身经历，只能通过像《兄弟》这样的小说来了解，或者通过其他的方式。我这个年龄的人是最后一代亲身经历"文革"的人，等到我们这一代离开人世以后，"文革"也有可能真正被淡忘。

生　活：　现代化在具有西方文化的国家里经常带来个人权利的驱使。中国也是这样吗？

余　华：　是的，也是这样。现代化首先让中国人充满了欲望，然后欲望很快被转换成个人权利的驱使。

生　活：　有一位评论家说您的作品表示出来的不但是传统道德的消失，还有因传统道德的消失而维持的社会结构越来越空虚的描述。您是否同意这种观念？

余　华：　我同意这样的观点，这样的声音不仅在我的作品中表现出来，也是中国从"文革"到今天所表现出来的时代的特征。作为一个作家，我只是写下一些故事而已。

生　活：　作家和知识分子为中国人权的发展会做什么贡献？

余　华：　每一个国家都存在人权方面的问题。我和你们西方的观点不一样的地方是：你们关注的是少数的持不同政见者；我认为中国的人权问题是司法是否公正的问题，穷人的利益是否能够得到保障的问题。

生　活：　北京新建的体育馆，按照它的设计师的看法是新中国和老中国的综合体。您觉得呢？

余　华：　我看不出北京新建的体育场馆有什么老中国的影子，我觉得都是现代建筑，把它们放到世界上任何一个城市都是合适的，也可以说都是不合适的。

生　活：　快要开始的奥运带来了什么社会变化？未来会有什么影响？

余　华：　现在安全好像成了奥运会最重要的事情，这是当初申办奥运时没有想到的。旅游业没有因此获益，很多外国人拿不到签证，很多在北京打工的民工，因为工厂的暂时关闭都离开了北京，当然，他们都得到了国家的补偿。

2008 年 4 月 8 日

答意大利 Reset 杂志

Reset： 关于您以前的作品里的暴力，在出版您的短篇小说意大利版时，您声明了您因为不能写爱所以必须写恨。您还说，由于您是在"文化大革命"的时候长大的，恐怖就是属于您的一种感情。您认为哪一种感情能最好地描述现在的中国？

余　华： 我在意大利出版的短篇小说集《折磨》，是我 1980年代完成的作品，当时的中国已经改革开放了，可是还没有完全摆脱"文革"的阴影，我也不会例外，我那时期写下的作品充满了暴力，可能是我的记忆左右了我的写作。你知道，我是在"文革"中长大的，除了很多恐怖和暴力的记忆，我也有很多美好的记忆，可是那时期的写作几乎被恐怖和暴力的记忆左右。很多年过去了，在"文革"结束三十年后，我出版了一部新的小说《兄弟》，在《兄弟》的上部里，我觉得既表达了恐怖和暴力的记忆，也表达了过去生活里的美好记忆。今天的中国和 1980 年代的中国很不一样，今天的中国很难用某一种情感来描述了，今天的中国让我百感交集，事实上就是用一百种情感也难以描述今天的中国。

Reset： 还是在同样的访谈录（Masci 的采访）中，您声明了作为 1980 年代的一位作家对社会的关注。1990 年代的中国作家，像韩少功先生所说的，同个人主义有着更密切的关系。您认为目前的中国作家是起什么作用的？应该起的是什么作用？

余　华： 我是 1980 年代开始写作的，可以说我是一位 1980年代的作家，可是 1990 年代我还在写作，二十一世纪了我仍然在写作，而且我的作品随着时代的变化也在变化，所以现在很难说我是属于哪个时代的作家。今天中国的作家生活在巨大的变化里，这是我们写作的财富，应该将这种巨大的变化表达出来。当然文学是不可能改变现实社会的，但是可以影响和改变读者对于社会的看法，对于现实的感受。

Reset： 作家和读者之间存在什么关系？为什么读者不向作家提出更高的要求？

余　华： 作家和读者之间是什么样的关系？这是由读者来决定的，因为读者拥有选择的权利，而作家只能是被选择。人们经常说作家应该为读者写作，其实这是做不到的，因为读者各不相同，作家不知道如何去满足他们各不相同的阅读需要。但是有一点是可以做到的，那就是作家自己也是一个读者，作家在写作的时候应该满足自己这个读者的需要。事实上每一个作家在写作的时候，都同时具有两种身份，作者的身份和读者的身份，作者的身份让作家不断地往前写，而读者的身份则是在悄悄地帮助作者把握叙述的分寸。

Reset：　在您的写作里以工人和农民为主。中国的文学和知识分子应该克服哪些困难来重新考虑目前实际的社会情形、读者情形、老百姓的情形？

余　华：　要让今天中国的作家和知识分子充分关心社会情形和老百姓的情形，在理论上是不难做到的，可是实际上并不容易，中国的知识分子太多地关心自己，可是很少去关心别人。我在中国的很多场合都反复说过，一个人只有真正关心别人，才能做到真正关心自己。我在中国的大学演讲时，总是希望今天中国的大学生应该去了解别人，了解别人是为了了解自己。我相信，一个人如果不关心别人，也不去了解别人，那就永远也无法知道自己是一个什么样的人。

Reset：　您对中国文学的未来有哪些预测？哪些情况会改变，哪一些应该改变？您的写作正在经过什么样的变化过程?

余　华：　我无法预测中国文学的未来，也不知道哪些情况会改变。因为我连自己以后会写出什么样的作品都不知道，更不知其他中国作家会写出什么作品。当然我知道自己过去写下了什么，在 1980 年代的时候，我在中国被认为是一位先锋派作家，那时候我写的是短篇小说；到了 1990 年代我开始写长篇小说了，写下了《活着》和《许三观卖血记》，中国的评论家认为我回归传统了，其实《许三观卖血记》不是一部传统叙述的小说，《活着》也不是，这两部作品对时间的处理是吸收了现代主义写作的技巧。最近《许三观卖血记》入选了北京的高中教材，是由高中教师选定的，他们的理由是这部小说讲故事的方法和传统小说不一样。我觉得很有意思，中国的评论家一直将《许三观卖血记》视为传统小说，可是高中教师不这么认为。去年和前年我又出版了新作《兄弟》，这部作品在中国引起了很大的争议，因为还没有一个中国作家用这样的方式来写中国的现实和历史，一些读者不习惯。我以后会写出什么作品？说实话，我不清楚，但是有一点可以肯定，那就是我的作品总会色彩强烈地表达中国的现实。

Reset：　文学和政治在什么程度互相影响？是文学影响政治比较多，还是政治影响文学比较多？

余　华：　文学其实表达的是日常生活，日常生活是包罗万象的，有政治、有历史、有社会、有现实等等，也有个人隐私和个人情感等等，因此文学是包罗万象的。可以这么说，没有一部作品里是没有政治色彩的，只是有些作品政治色彩浓厚，另一些淡化而已。

Reset：　在西方，说到中国的时候，经常说的是经济或者人权的问题，经常是以一种害怕的状态说中国。您认为在欧洲人和全世界人的眼里，中国的形象是什么？您希望这个形象要怎么改变，而且关于中国，有什么我们（西方人）应该知道而不知道的？

余　华：　西方的媒体在报道有关中国的消息时，总是喜欢选择负面的内容。其实中国的媒体也一样，也是越来越多地出现负面的内容。我想这是媒体的风格，负面总是比正面的报道更加吸引读者。所以西方的媒体经常以害怕的方式说中国一点也不奇怪。我不知道今天在西方人眼中，中国是一个什么样的形象？我只是感到现在来欧洲越来越困难了，1990年代的时候申请签证很简单很容易，现在申请签证越来越麻烦。至于你提到的中国的形象应该怎样改变，其实应该是西方的媒体在报道中国时应该怎样改变。如果西方的媒体永远是负面地报道中国，那么中国的形象怎么改变也没用。

Reset：　一方面，中国出现很重要的增长信号，比方说中国的国民总收入，另一方面，有很多人，也包括中国人，指出不要太乐观。他们指的是中国国内不公平的一些情况，如城市和农村地区之间的不平衡。您对他们和对您的国家有什么期望？

余　华：　中国现在已经是世界上第三大经济国，可是人均年收入却仍然排在世界的一百位左右。中国今天的状况，比如贫富差距、城市和农村的差距、社会不公平等等，应该是经济迅速发展之后带来的后果。我的期望是中国发展的速度应该慢下来，让我们有足够的时间和空间来处理经济高速发展带来的社会问题和环境问题。

Reset：　您喜欢的意大利作家有但丁、卡尔维诺、莫拉维亚。您认为意大利文学和西方文学能给予中国文学什么？反过来说，中国文学能给予意大利和西方文学什么？

余　华：　西方文学，当然包括意大利文学，对中国文学产生过很大的影响，而且这样的影响仍然在继续。我希望中国文学也会给西方文学和意大利文学带去新鲜的感受。

2007 年 8 月 8 日

答意大利《晚邮报》

晚邮报： 您曾经用"十个词汇"分析过中国社会，《第七天》
这本小说像是有着一样的目的，是这样吗？

余 华： 我在《兄弟》里已经这样写了，虽然《兄弟》有
六百多页，我仍然觉得没有把我对当代中国的感受
完全表达出来，那时候就有了一个愿望，想把三十
多年来发生的荒诞的故事集中写出来，有一天我脑
子里出现了一个很妙的开头，一个人死了，殡仪馆
给他打电话，说他预约的火化时间迟到了，我就开
始写《第七天》了。

晚邮报： 本书的故事有许多现实主题的再现，为何本书情节
和时事如此贴近？

余 华： 虽然这部小说的形式是荒诞的，可是再现了许多的
现实主题，我在写作的时候有一种强烈的愿望，就
是让这部小说给读者呈现出一个文学文本的同时，

还要呈现出一个社会文本。我自己把《第七天》称为地标故事集，好比我们在今天中国的城市里寻找某一个地方时，都会首先去寻找附近的地标建筑，地标建筑可以帮助我们找到要去的地方。你所说的这些现实主题是我们三十多年发展过程中留下来的一个个社会地标和历史地标，我希望一百年以后的中国读者在阅读《第七天》的时候，可以一下子知道这个时代发生过什么。

晚邮报： 为何您选择用一个去了"那边"的人的口吻来讲述今天的故事？

余　华： 从"那边"，也就是从死者的世界来讲述的话，可以让我在两百多页的篇幅里把这些故事集中叙述出来，这是写作的角度，就像眼睛一样，目光是从小小的眼睛里出来，辐射到的是一个广阔的世界。如果从"这边"来写，可能需要六百多页的篇幅，会和《兄弟》一样厚的一本书。

晚邮报： 您的主人公是有人性的，是善的，却已经死去，是否可以视作一种比喻？

余　华： 这部小说的基调是寒冷的，有时候甚至是窒息的，所以我需要人性里温暖的部分来鼓舞自己的叙述，否则我写不下去。你所说的"是否可以视作比喻"，我写作的时候没有这样想，但是这部小说在中国出版以后，有人这么认为。

晚邮报：　这本书是 2013 年出版的，在这四年之间中国有什么
　　　　　变化？

余　华：　最大的变化就是反腐，经常会听到某位高官被抓了，
　　　　　还有数量不少的地方官员被抓，如此大规模的反腐
　　　　　是我四年前没有意料到的。

晚邮报：　主人公的父亲并非亲生，但两人的关系却非常密切，
　　　　　您是想说感情和诚实会带来真正的超越家庭关系的
　　　　　连接吗？

余　华：　中国有句老话，生不如养。杨飞出生就由杨金彪抚养，
　　　　　杨金彪为杨飞牺牲了自己应有的生活，杨飞以自己
　　　　　的方式报答了杨金彪的养育之恩。今天的中国出现
　　　　　太多的兄弟姐妹之间或者子女与父母之间为了财产
　　　　　反目成仇的事例。所以，感情是超越血缘关系的。

晚邮报：　我记得 2013 年这本书受到了很多批评。后来怎样？
　　　　　这本书取得成功了吗？

余　华：　我已经习惯批评了，《兄弟》出版时我就遭受了很
　　　　　多批评。《第七天》出版前我就对出版商说，做好
　　　　　准备，会有很多人来批评。我告诉他，受关注和受
　　　　　批评是成正比的。他不相信，结果书出版后果然受
　　　　　到很多批评。现在四年过去了，《第七天》很成功，
　　　　　已经销售了一百多万册，到今天为止，中国最大的
　　　　　购书网站当当网上面有 136436 条读者评论，99.3%
　　　　　的读者给予了好评。

晚邮报： 故事的最后，主人公未能得到埋葬。"死无葬身之地"
是一个什么样的地方？

余　华： "死无葬身之地"在中文里是一种诅咒，但是在我
的小说里是一个最为美好的地方，像乌托邦，但不
是乌托邦；像世外桃源，但不是世外桃源。我把"死
无葬身之地"反过来用了。

2017 年 7 月 28 日

答瑞典文学杂志《驼队》

驼　队：　你写作背后的创作动力是什么？

余　华：　我想，是对虚构世界的迷恋。现实世界无时无刻不
在制约着我们，我们的很多想法、情感、欲望很难
充分地表现出来，只能表现出其中很少的部分，有
时候甚至使用伪装的方式来表现。我们在现实世界
里没有完全的自由，但是在虚构的世界里，我们有。
写作，可以让我把在现实世界无法表现的，在虚构
世界里充分表现出来。

驼　队：　作家有无特别的责任？

余　华：　我曾经说过世界上说话最不可靠的人是作家，作家
善于虚构，当然这是开玩笑。如果作家有特别的责
任的话，就是用虚构的方式表达现实的真实性。

驼　队：　作家在社会中的角色是什么？

余　华：　作家在社会中的角色应该保持独立性和批判性，这

是作家最基本的品质。

驼　队：在我们这个时代，什么样的历史重要，值得作家讲
　　　　述？

余　华：作为一个中国作家，最值得我讲述的是这四十多年
　　　　的历史。我在《兄弟》的后记里写道："这是两个
　　　　时代相遇以后出生的小说，前一个是'文革'中的
　　　　故事，那是一个精神狂热、本能压抑和命运惨烈的
　　　　时代；后一个是现在的故事，那是一个伦理颠覆、
　　　　浮躁纵欲和众生万象的时代。'文革'的中国和今
　　　　天的中国，好比是欧洲的中世纪和欧洲的现在。一
　　　　个西方人活四百多年才能经历这样两个天壤之别的
　　　　时代，一个中国人只需四十年就经历了。应该是
　　　　四百年间的动荡万变，现在浓缩在了四十年之中，
　　　　这是弥足珍贵的经历。"

驼　队：你自己现在读什么？

余　华：我最近重读了托尔斯泰的《安娜·卡列尼娜》，那
　　　　么地宁静，又是那么地激动人心。这样的宁静和宁
　　　　静中涌动的激动，我曾经在巴赫的《马太受难曲》
　　　　里感受过。

2012 年 4 月

答韩国《朝鲜日报》

朝鲜日报： 等了几年，终于看到您的中短篇集《炎热的夏天》了。听说这本是您自己选六篇作品（《战栗》《偶然事件》《女人的胜利》《炎热的夏天》《在桥上》《他们的儿子》）来做一本中短篇集，想知道为何这六篇做成一本书？

余　　华： 这六篇小说的题材和风格比较接近，所以将它们选进一本书。它们表达的都是中国 1980 年代的生活，这是一个很容易被忽略的年代。因为在它前面是"文革"时代，后面是喧嚣的 1990 年代。

朝鲜日报： 这次主要是男女关系中描写男女之间微妙的心理状态的作品，此心理描述非常独特，有什么动机让您关心这样的题材？

余　　华： 两个原因，一是我想尝试一下这种微妙的叙述，从普通的生活细节着手，写一组没有动荡感的小说。

二是用这样的方式来表达中国 1980 年代的生活场景可能很合适。

朝鲜日报：这本作品集主要的题材是现代中国人的日常生活，不过这些日常生活并不一定是平凡的，给读者看的理由是什么？

余　华：事实上，表达中国人的日常生活是我一直以来的努力。读者总是从我的书里读到政治、历史、现实等等，当然也读到了情感和隐私等等。而所有这一切都包含在我们的日常生活之中，只要将日常生活写出来了，也就写下了一切。在这本书中，我是用一种温和微妙的方式来叙述。

朝鲜日报：《战栗》是找到十二年前收到的一封信后相逢的男女追求过去的记忆，互相的记忆像拼图一样对照，不过两个人的记忆一直错开，但那里有"真正的战栗是什么"这样的质问。能否告诉我们，您想到的"真正的战栗"是什么？

余　华：我想"真正的战栗"对于不同的人是不一样的，它不是一道有着标准答案的数学题，而是隐私一般的感受。我在这部小说里想说的是，"真正的战栗"无处不在地存在着，问题是我们能否经常感受到。

朝鲜日报：《偶然事件》是个形式非常独特的作品，也是非常有趣的作品，您有没有想通过这样的形式来追求某些方面的极大化效果？

余　　华：我想在这部作品中表达的是这样一个事实，就是每个人心里都隐藏着连自己都不了解的内容，是生活，或者说别人的言行唤醒了这些内容。这部作品的形式有助于我将这样的意思书写出来。

朝鲜日报：您在韩国有名的作品几乎都是长篇小说，想听听您对长篇小说和中短篇小说的想法，也想知道除了长篇小说，您还在继续写中短篇吗？

余　　华：我在任何国家，包括中国，著名的都是长篇小说，其实我在短篇小说方面也下了不少功夫，只是读者不太关注。《兄弟》之后我没有再写中短篇小说，但是我以后肯定会继续写。

朝鲜日报：请您对将选择《炎热的夏天》这本书的读者说一句话。

余　　华：耐心读这本书。

朝鲜日报：若您现在正在写新作品，能否简单地介绍下内容？何时能写完出书？

余　　华：其实我一直在写新的长篇小说，可是从去年开始我的生活被切碎了。我不断在欧美奔走，为《兄弟》的各种版本做宣传，我无法安静地写作大部头的书，只能写一些短一些的文章。我正在写一部很有意思的小书，计划用十个汉语词汇来表达当代中国。考虑美国和欧洲许多国家希望明年秋天出版，我必须在明年二月前完成。

朝鲜日报：最后麻烦您向您的韩国读者说一句话。

余　　华：谢谢你们!

2009 年 8 月 21 日

答丹麦《基督教汇报》

基督教汇报： 《第七天》发生在幻想里，在一个象征性的空间。
你的故事为什么经常是荒诞性的？

余　　华： 是的，《第七天》展示了一个象征的空间，可以说
它是中国现实生活的水中倒影，有些虚无缥缈，而
且随着水的波动，倒影会变形。我需要这样的虚无
缥缈和这样的变形来表现出中国社会的荒诞，在此
说明一下，为什么我的故事里经常表现出荒诞，不
是我喜欢用荒诞的方式写作，而是中国社会充满了
荒诞，我写作时不知不觉中就把故事写荒诞了，只
有这样，我才觉得自己的写作是真实的。

基督教汇报： 杨飞在冥世步行时，了解很多事情，也为读者们揭
示很多不公平的事情。为什么选择从死亡那边看到
生活？

余　　华： 我一直有一个想法，就是把中国这三十多年来发生

的荒诞的事集中写出来，我所说的荒诞事是三十多年来持续发生的，不是很快过去的事。为什么会这样？三十多年前发生的事，三十多年来还在一直发生。我想写出来，怎么写？我很长时间找不到方案，因为这三十多年来发生的荒诞事太多了。有一天，我脑子里突然出现了一个小说开头，一个人死了，接到殡仪馆的电话，说他火化迟到了。我觉得可以写了，从死者的角度来看生者的世界，就可以将这些荒诞事集中表现出来了。

基督教汇报： 对你来说，死去是一种结束，还是死去后还有些什么？而这种死后到底是什么？

余　　华： 作者和他的作品是不一样的，从我个人的角度来说，死亡就是结束，从生命的意义上就是结束。如果还有读者在阅读我的作品，那么我会以另一种方式继续活着。对杨飞而言，对《第七天》里来到死无葬身之地的死者而言，死亡不是结束，是开始。苦难结束了，美好开始了。

基督教汇报： 《第七天》的书名是从《旧约·创世纪》借来的。为什么引用《圣经》？

余　　华： 《第七天》的书名来自中国的风俗，就是头七，意思是人死后最初的七天里其灵魂不会离开，会在家人和朋友那里游荡。中文版出版时扉页上引用了《圣经》的那段话，是编辑加上去的。

基督教汇报： 你在《第七天》里创造了一个美好的社会，关于中国的未来，你是悲观者还是乐观者？

余　　华： 《第七天》可能是一个乌托邦，一个虚构的美好社会。对于中国的未来会怎么样，我既不悲观也不乐观，因为中国的问题太多了，可以说三十多年来问题层出不穷，所以我不乐观；但是三十多年来我看到的事实是旧的问题很快会被新的问题替代，有一句话说解决问题的办法总是比问题多，中国社会解决旧问题的办法就是出现新问题。正因如此，我对中国的未来不悲观。

基督教汇报： 读到杨飞和他爸爸的关系，还有你所描写的前妻，我很感动。我想你对人家的爱情能力肯定很有信心。

余　　华： 因为这部小说过于悲伤和压抑，我写作时需要人与人之间的爱和友情来支撑，否则我写不下去。也可以说这是爱的力量，这是人类的美德，充满同情与怜悯之心。

基督教汇报： 殡仪馆这个地方你怎么想出来的？你的描写可能和你小时候住在墓地的对面有关？

余　　华： 在殡仪馆里取号等待火化的场景是我在中国的银行办事的经验。中国人口众多，去银行办事时要取号排队，坐在塑料椅子上等待叫自己的号；如果是VIP，那么就会在一个舒适的空间里等待，有沙发，有鲜花，有咖啡，有茶，有其他饮料，当然也要取号排队，但是人少，很快就可以轮到。

基督教汇报： 在"文革"时大多文学都被禁止。听说博尔赫斯、卡
夫卡、威廉·福克纳的作品（还有英格玛·伯格曼的
电影）深深地影响你和带给你灵感。你怎样发现他们
的？

余　　华： "文革"时没有文学书籍，博尔赫斯、卡夫卡、威
廉·福克纳的作品是"文革"以后翻译到中国出版的，
当时现代主义文学在中国流行，我第一时间就读到
了他们的作品。我第一次看到英格玛·伯格曼的电
影是在一个朋友家里，用录像带看的，那部电影叫《野
草莓》，我看完后震惊了，虽然我已经读过博尔赫
斯、卡夫卡、威廉·福克纳他们的书了，但是对电
影不了解，我没想到世界上还有这样的电影。那时
候中国从"文革"里出来也就十来年时间，当时我
住在北京东边，朋友的家在西边，那天晚上我步行
了二十公里，我不想坐公交车，只想走路，来消解
我心里的激动。

基督教汇报： 假如你是记者，在采访自己，你要问哪一些问题？

余　　华： 我不知道应该问自己哪些问题，问自己问题是艰难
的工作，如果我没有生病，来到了丹麦，我会问你
几个问题。

基督教汇报： 最后一个问题，你在写邮件回答我的问题时看到什
么风景或环境，请给我描写一下。

余　　华： 我书房的窗帘一直是拉上的，是可以透光的白底水

墨画窗帘，只有在房间需要通风时才会拉开。我背对窗帘坐在书桌前写东西，我看到的是两排书柜，里面都是我自己写的书，右边的书柜里放着中文简体字版和繁体字版，左边是外文版，别人写的书放在客厅的书架上。

2017 年 9 月 1 日

答美国 Electric Literature 杂志

Electric Literature：几十年以后再重读这些故事，你的感觉怎么样？你可以从读者的角度阅读它们吗，还是只能采取作者的态度？你有进行修改的冲动吗？

余　　华：现在重读这些故事，有一个明显的感觉就是我已经没有年轻时的才华了，当然年轻的时候也没有我现在的才华，这是不一样的才华。社会的变化让我成了一个和年轻时不太一样的作者，让我的写作在面对社会现实时变得更加直接。我在重读这些故事时，会有修改一些语句的冲动，但是我没有这么做，因为那是年轻时的我写下的，不是现在的我写下的，从这个角度说，我没有修改的权利。

Electric Literature：《四月三日事件》之后，你的写作越来越以人物带动，而这些故事更倾向于概念化。你仍然喜欢这种抽象的写作方式吗？哪些方面是你可以通过抽象的方式表达，而更难或者不可能通过具体描写实现的？

余　　华：　这些故事都是我在开始写作长篇小说之前写的，正
如你所说的，这些故事有些抽象，主要是人物，这
些故事里的人物很大程度上是符号，是我想表达什
么时出现的符号。当我开始写作长篇小说时，我突
然发现人物经常会发出自己的声音，而且他们自发
的声音比我为他们设计的更好，更符合他们，所
以后来的写作就是你说的，越来越在人物的带动
下写了。

Electric Literature：　多年来你常常谈到你受到的影响，我觉得《四月三
日事件》中，博尔赫斯的影响尤其明显。你从他的
风格中吸取了什么？你如何这么彻底地把它转化为
你自己的东西？

余　　华：　我是 1987 年写完《四月三日事件》，当时还没有读
到博尔赫斯的作品，当时我深受卡夫卡的影响，我
在卡夫卡的作品里感受到了一种无法驱散的恐惧感，
这也是我的恐惧感，不是形式的影响，也不是技巧
的影响，是某种感觉的影响，卡夫卡唤醒了我内心
深处的恐惧感，然后我以自己的方式表现出来。

Electric Literature：　在我的阅读视野中，《四月三日事件》是对青春期
最滑稽、最悲哀的表述——它的主人公让我想起了
霍顿·考尔菲德——然而作品又随时滑动在真正的
黑暗边缘。你如何把握好这种平衡？

余　华：　塞林格的《麦田里的守望者》当时风靡中国，现在仍然广受欢迎，我想原因就是霍顿·考尔菲德在任何时代任何国家都是无处不在。霍顿·考尔菲德已经是经典人物了，《四月三日事件》里的"我"现在还不是，以后也不可能是。这两个人物很不一样，但是有一点是相似的，就是他们都是被排挤在人群外面的人物，或者说是他们把自己排挤出去的，因为他们不想待在人群里面。"滑动在真正的黑暗边缘"，你的描述非常准确，这就是我二十七岁时写作这个故事的心理状态，确实需要好好把握叙述中的平衡，我的方式是尽量不让"我"在叙述里激动起来，一旦激动的话会冲破平衡。

Electric Literature：　在《此文献给少女杨柳》中，故事人物常常发现他们对世界的了解与他们的直接经验迎面相撞——例如，叙述者走进厨房，而他知道并不存在厨房。过去，或者现在，是什么让你被这个特定的悖论吸引？这个悖论有没有政治含义？

余　华：　写这个故事时，我是博尔赫斯的读者了，这个故事比《四月三日事件》晚了将近两年，我相信博尔赫斯影响了这个故事。我的叙述似是而非，或者就是你说的悖论，叙述在不断的互相否定里前行。这个悖论应该有政治含义，当时我还没有完全从"文革"的阴影里出来，我从童年到少年成长过程中深信不

疑的信念一下子就被否定了，接下去刚刚相信什么
又很快不相信了，我可以说是生活在悖论里，这也
是当时中国社会的政治现状。

Electric Literature：　在《此文献给少女杨柳》中，外乡人渐渐看不见了，
你写道："从那一日起，他不再对自己躯体负责。"
《四月三日事件》中的好多人物好像都是这样。当
时你有这种感觉吗？这些人物缺少或者失去控制能
力的原因是什么？

余　　华：　这似乎是我三十年前写作的基调，人物把握不了自
己的命运，有时候甚至把握不了自己的感觉。我不
知道是什么原因让我写下这些，但是有一点可以确
定，我怂恿自己这样往下写，因为我心里充满了这
样的情绪，需要发泄出来，等到发泄得差不多的时候，
我开始写长篇小说了，然后我的写作变化了。

Electric Literature：　在《夏季台风》中，你以众人的口吻说话，然而从
来没有使用第一人称复数或者第三人称复数。这个
想法来自何处？你如何做到人物和语态的恰当平
衡？

余　　华：　这个故事无法从一个人物的角度来完成，需要众人
的角度，但是每一个人物都是独立的且只有一个声
音。从众人的角度写不是很容易，首先要考虑好前
后顺序，然后再做好叙述的交接，至于平衡，我想
故事里人们对地震的恐惧和没完没了的雨水可以帮

助我，它们营造了一种气氛，罩住了我们，我的写作只要不冲破它，叙述就是安全的，或者是平衡的。

Electric Literature：《死亡叙述》中开卡车的叙事者有一种非常有力——有时候令人不快——的语气，在一本不以人物驱动的故事集中，这一点显得尤其突出。这个人物来自哪里？

余　　华：这个人物来自我的内心，我想把内心里不安和愧疚的情绪通过一个虚构人物表达出来，这个人物在讲述这个故事的时候已经死了，中文也存在现在式和过去式，但是并不明显，我仍然努力让读者感受到这个故事是现在式的，感受到有一个人坐在读者对面讲述他的故事，虽然那是一位死者。

Electric Literature：这些故事中，有没有什么你担心美国读者不好理解的地方？你希望美国人带着什么样的意识进入你的作品？

余　　华：我不知道，说实话我不认为这些故事在美国读者那里会受到欢迎，可能会有不多的读者对这些故事感兴趣，如果是这样的话，如果有读者在这些故事和人物里读到自己的感受，看到自己的影子，我就十分满足了。

2018 年 11 月 17 日

答意大利《共和国报》

共和国报： 你住在哪里？是什么样的地方？可否像小说开头似的来描写一下？还有，你渴望住在别的什么地方？

余　华： 我刚开始写小说的时候住在中国南方一个只有八千人的小镇上，那是三十五年前，当时我有一个习惯，当我构思的时候或者写不下去的时候，我会走到街上去，身体的行走可以让我的思维活跃起来，可是我的思维经常被打断，因为在街上不断有人叫我的名字。那个小镇太小了，走到街上不是遇到认识的人就是见到见过的脸。十年以后，也就是二十五年前我正式定居北京，最重要的原因是我的妻子在北京，还有一个原因是我在街上一边行走一边想着自己的小说时不会被人打断，北京的大街上没有人认识我。现在我已经没有这样的习惯了，北京后来的空气让我养成了坐在门窗紧闭的书房里构想小说的习惯。尽管空气有问题,北京仍然是我最喜爱的城市,因为这是一个谁也不认识谁的城市。

共和国报：你怎么变成今天的余华（哪些人、书、经历使你变成当下这个人）？

余　华：我的第一份工作是牙医,每天看着别人张开的嘴巴,那是世界上最没有风景的地方,我非常不喜欢这个工作,因此我想改变自己的生活,我开始写小说,很幸运我成功了,此后我的睡眠不再被闹钟吵醒,我醒来以后的生活自由自在。当然有很多作家影响了我的写作,我的第一个老师是川端康成,第二个老师是卡夫卡,第三个老师是福克纳,还有很多老师的名字,有些我已经知道,有些我以后会知道,有些我可能一生都不会知道。我曾经有过一个比喻,作家对作家的影响好比是阳光对树木的影响,重要的是树木在接受阳光的影响时是以树木的方式在成长,不是以阳光的方式在成长。所以川端康成、卡夫卡、福克纳没有让我变成他们,而是让我变成了今天的余华。

共和国报：最近有什么事让你比较注重、吃惊（可以是世界上发生的一件事或者你私人生活里的一件事）？

余　华：俄罗斯世界杯结束了,开始的时候,也就是小组赛的时候,我看了一场又一场比赛,没有看到意大利队,因为我没有关心此前的预选赛,所以我向朋友打听,意大利队什么时候开始比赛，朋友告诉我，意大利队没有进入俄罗斯世界杯，我很吃惊。当然中国队也没有进入，如果中国队进入俄罗斯世界杯的话，我也会吃惊。

共和国报：你会在哪种情况下笑起来？你作品里经常使用讽刺手法，有时也带有愤世嫉俗的味道，来源于什么？

余　华：看到这个问题的时候我笑了。我经常笑，我和朋友们在一起时经常开玩笑，我和妻子儿子在一起时也经常开玩笑。我到意大利，和我的译者傅雪莲在一起时，我们互相开玩笑，一起哈哈大笑。我写作时喜欢用讽刺的手法，确实也有愤世嫉俗的味道。我认为将愤怒用幽默的方式来表现会更加有力，看上去也是更加公正，而讽刺是表达幽默的直接手法，所以我写作时总是让讽刺进入叙述。

共和国报：什么时候、在哪种状况下会吓哭（真正地吓哭）？有什么事使你感动？

余　华：吓哭？这个要到梦里去寻找，好几年前有一个夜晚，我梦见自己死了，梦中的我只有十五六岁，还是一个中学生，有三个同学把我放在一块门板上，抬着我往医院奔跑，他们跑得满头大汗，而我被自己的死去吓哭了，我告诉他们，不要送我去医院，我已经死了。我的三个同学听不到我的哭声也听不到我的话，我挣扎着想从晃动的门板上坐起来，可是我死了，坐不起来。然后我从梦中惊醒，发现自己还活着，我被活着这个事实感动了，这是令人难忘的感动。后来我把这个梦作为一个小说的开头，这个小说写了几个月，没有写完搁在那里了，以后我会写完它的。

共和国报：对你来说什么是爱情？作为作家和作为人对爱情有什么想法、看法？你相信爱情吗？有孩子吗？

余　华：爱情对于五十八岁的我来说就是相依为命，我和我妻子相依为命，我们有一个儿子，今年二十五岁。我们的家庭关系很好，我儿子是做电影的，我们经常在晚饭后一起讨论一本书或者一部电影，这是我作为人对爱情的看法。作为作家对爱情的看法经常是不一样的，因为小说的题材和故事不一样，我在《兄弟》里描写的爱情是美好的，但是在其他的小说里我写下了对爱情的怀疑。

共和国报：文学或一部书是否带给你什么意料不到的收获（可以是渺小或者伟大的事情）？

余　华：法国作家司汤达的《红与黑》给予我很大的文学教育。小说里的家庭教师于连·索黑尔爱上了伯爵夫人，司汤达让于连向伯爵夫人表达爱意的篇章是文学里伟大的篇章，没有让于连去找一个没有人的角落悄悄向伯爵夫人表达，这是很多作家选择的叙述方式，因为这样写比较容易，但是司汤达是伟大的作家，他需要困难和激烈的方式，他让于连与另一位夫人和伯爵夫人坐在一起，当着另一位夫人的面用脚在桌子下面去勾引伯爵夫人的脚，这个篇章写得惊心动魄。司汤达教育了我，一个真正的作家应该充满勇气，不只要有政治上的勇气，更应该有文学叙述上的勇气，就是遇到困难不要绕开，应该迎面而上；更为重要的是，司汤达告诉我，不要用容易的方式去写小说，要用困难的方式去写小说。

共和国报：什么是文化差距？虽然世界越来越全球化了，但是你还是会碰到什么文化差距？

余　　华：我说一个故事。我的小说《许三观卖血记》出版意大利文版和英文版以后，我遇到过两位有趣的读者，小说里的女主角许玉兰伤心的时候就会坐到门槛上哭诉，把家里私密的事往外说，一位意大利朋友告诉我，那不勒斯的女人也会有这样的表现；而一位英国朋友告诉我，如果他有这样一个妻子的话，他就不想活了。文化差异在这里表现出来的都是理解，只是意大利朋友和英国朋友理解的方向刚好相反，我的意思是说，面对一部文学作品时，文化差异会带来认同和拒绝，而认同和拒绝都是理解。

共和国报：你怕什么（请说说小事和大事）？

余　　华：我想了很久，没有发现自己怕什么，我可以自由生活自由写作，生活和写作构成了我的全部。

共和国报： 你怎么看你的年龄？怎么保重你的身体？是否有想戒除的恶习？

余　华： 我在回答这个问题的时候正在遭受痛风的苦恼，脚趾的疼痛让我不能走路，斜靠在床上回答这么多的问题，而且还要我回答得尽量多一点。可能是小时候的贫穷造成的原因，我每次吃饭一定要吃撑了才觉得是吃饱了，这个坏习惯始终改不了，痛风就是这样出现的。我经常告诉自己，少吃多运动，可是我总是在告诉自己，又总是没有好好执行，能够做到几天少吃，几天运动，然后又多吃不运动了。

共和国报： 你和网络、微博、新技术是什么关系？它们给你的生活带来什么变化？

余　华： 中国人在吸收新的技术和新的生活方式时没有任何障碍，适应的速度之快令人感觉到新旧之间似乎没有距离，比如移动支付，短短几年时间，阿里巴巴支付宝的 App 和腾讯微信支付的 App 差不多装载进了所有的智能手机，从超市的收银台到办理证件的收费窗口，从大商场到街边小店，只要有交易的地方，都有支付宝和微信支付的二维码放在显眼的位置，人们从口袋里拿出手机扫一下就轻松完成交易。我在回答这个问题时意识到自己在中国已经有一年多没有用过现金，也没有用过信用卡，因为手机支付太方便了。不少人上街时口袋里没有现金也没有信用卡，一部手机可以完成所有来自生活的需求。于是乞丐也与时俱进，他们身上挂着二维码，乞求过路的人拿出手机扫一下，用移动支付的方式给他们几个零钱。

共和国报：你那一代和年轻人这一代有什么不一样？你羡慕年轻人什么，不羡慕他们什么？

余　华：1980年代末，我和我妻子还在谈恋爱的时候，我们都住在集体宿舍里，没有自己的房间，我经常在晚上带着她去看别人家的窗帘，不同的窗帘在灯光的映照里感觉很美，我们很羡慕那些有房子的人，我当时对她说：我们没有房子，但是我们有青春。我们现在有房子了，但是我们没有青春了，所以我羡慕年轻人的是他们有青春。

共和国报：对你来说宗教是什么？你信上帝或者有其他信仰吗？

余　华：我是在"文革"中成长起来的，我是一个无神论者，我没有宗教信仰，也许文学是我的宗教，因为文学里充满了"灵性"。

共和国报：你怎么看男女平等的情况和发展？

余　华：在中国，毛泽东时代解决了这个问题，但是现在开始倒退了，比如就业，男性就会比女性的机会多，很多公司愿意招聘男性员工，他们觉得女性结婚生育以后重心会转移到家庭上，从而不会那么认真工作了。事实并不是这样，不少有孩子的女性仍然工作出色，但是社会上一直存在这样的偏见。

共和国报：最近你对什么电影或电视剧比较感兴趣？为什么？

余　　华：我不看电视剧，太长了，我没有那么多时间去看。最近我重新看了塞尔维亚导演埃米尔·库斯图里卡的电影，因为他是我的朋友。

共和国报：未来有什么写作计划？现在写什么呢？

余　　华：我有四部小说都写到了一半，我以后的工作就是将它们写完。

共和国报：作为著名作家是什么感觉？

余　　华：感觉多了一些机会，如果我没有名气，那么我的书出版时不会像现在这样顺利。

共和国报：你用得最多的、不可或缺的词汇是哪一个？

余　　华：我现在用得最多的词汇是"变化"，我刚刚为英国《卫报》写了一篇七千字的长文《我经历的中国的变化》。

2018 年 6 月 3 日

答塞尔维亚国家广播电视台文化频道记者

记　者：　您如何定义这个全球大流行和全球封锁隔离的时期？

余　华：　现在还无法知道新冠病毒最终给我们这个世界造成多大的伤害，有一点可以确定，这是一百年来最大规模的流行病，大家都知道一百年前起源于美国的西班牙流感的大流行，是因为第一次世界大战士兵大规模流动造成的。这次新冠肺炎造成的感染人数和死亡人数不会是另一次西班牙流感，因为世界各国都采取了严格的封锁隔离，这是至关重要的，在没有特效药和疫苗的时候，封锁隔离显然是唯一有效控制疫情蔓延的方法。

记　者：　您一直在您北京的家里吗？在家里的时候，您在写作还是在做一些以前没时间做的事？

余　华：　我在北京的家里，三个月没有出门了。1 月 19 日与外地来北京的朋友晚餐后就没再出门，当时已经知道武汉出现了不明肺炎，23日武汉封城，北京也严格控制，我所住的小区很快封闭了，外面的人不能进来。三个月来我一直在写作，我正在把过去没有写完的长篇小说修改出来，这部小说1998年就开始写了，一直没有完成，现在可以完成了，我希望佐兰尽快翻译完成《兄弟》，因为他今年会有新的翻译工作了。

记　者：依您看，新冠疫情会不会永远改变一些日常用词的意义？

余　华：也许"社交"这个日常用词会有改变，现在都在强调"社交距离"，如果社交需要距离的话，社交原来的意思就不一样了，因为社交的意义是为了取消人和人之间的距离，现在被要求保持距离了。

记　者：您自己希望新冠疫情后世界会怎么样？关于普通的小人物的未来，您有什么担心？

余　华：我现在不知道新冠疫情以后世界会变成什么样子，但是变化是肯定会发生的，我担心的是全球产业链和供应链已经遭受破坏，这可能会在新冠疫情以后带来失业潮。

记　者：新冠疫情会影响日常的人情味和人类的友善，会改变我们在路上握手拥抱的习惯吗？您现在看电影的时候，一看到人相互拥抱，或者他们不保持"社交距离"，是不是有点慌神了？

余　　华：　在中国，尤其是在北京这样的城市里，现在人们上街都会戴上口罩。我没有出去，只是在自己住的小区里散步，这样我也要戴上口罩，如果不戴口罩，我自己会感到不安，因为别人都戴口罩。新冠肺炎对我们中国人的影响不仅不让人们握手和拥抱，还让人们互相看不清脸。我希望这一切都是暂时的，希望新冠疫情能够过去，最好是消失，让我们的社交重新没有距离。

记　　者：　在家里封闭期间，有没有一些您以前觉得不重要的事情现在觉得很重要了？在这些奇怪的日子里，什么事情使您感到高兴？

余　　华：　我的工作就是在家里写作，所以封闭在家的生活对我没有什么不适应的，而且我是和家人在一起，我们经常一起看电影，然后再去做各自的工作。对我来说，封闭在家的生活与以前的生活没有太大不同，只是没有社交了，但是更加安静，我可以好好写作。

记　　者：　您上一次来塞尔维亚已经有几年了，在此期间，您写作方面发生了什么事情？

余　　华：　我上一次去塞尔维亚是 2018 年 1 月，距离现在两年了，这期间我经常出国，去年由于我父亲病重在上海住院，我去上海住了一些日子，所以我的写作断断续续，今年新冠来了，我不能出门，只能写作，

写作反而顺利，我今年应该会完成一部新的长篇
小说。

记　者：　我们都希望您再一次来访问塞尔维亚。您什么时候
能再来？

余　华：　我去过塞尔维亚三次，本来我应该今年春天的时候，
也就是现在再去塞尔维亚，但是新冠疫情让我无法
出门，等到疫情过去之后，我会马上去塞尔维亚。

2020 年 4 月 24 日

答塞尔维亚《达纳斯日报》

　　每当谈论中国当代文学，余华先生毫无疑问是最常被提及的作家之一。他的作品在中国以及世界范围内广受读者的赞誉。

　　迄今为止，作家余华所撰写的一系列著作已被翻译成四十多种语言，并且广受赞誉。文学批评家极大地赞赏了他的写作风格和精妙的语言，以及他对中国社会和时事政治的态度。余华选择用批判而又亲切的语言描写人物的生活境遇。他的一些文学作品被评为过去三十年来最杰出的作品，这些都充分证明了这位作家的广受欢迎和赞赏。

　　余华（生于1960年），在"文化大革命"时期成长，曾当过牙医，后弃医从文。成长的经历给余华的作品留下了深深的烙印：这位作家转向描写贫穷且无依无靠的人，而不用贬义的称谓，"普通"或"小"。在他的长篇小说、短篇小说以及散文中都不曾回避他对自己所生活的社会的判断力。

　　这些都使余华在当代世界文学中脱颖而出。他还常常接受一些采访和访谈，让文学爱好者看到他极其风趣的一面。他的散文通俗易懂，一些已经被翻译成塞尔维亚语的文学作品早就售罄。地理学出版社和余华合作了近十年，最近出版了他的第五本著作——佐兰·斯克罗巴诺维奇翻译的中文故事集《我没有自己的名字》，之前还曾出版过《第七天》《许三观卖血记》和《活着》。今年夏天，翻译家安娜·乔瓦诺维奇将小说《在细雨中呼喊》由中文翻译成塞尔维亚语，并且由贝尔格莱德出版商阿尔巴特罗·普洛斯出版了该作品。

2017年余华曾作为贵宾到访贝尔格莱德，这足以证明他在塞尔维亚享有盛名。

余华参加了由文化部和信息部组织的为期两天的关于世界文学影响的讨论会，即"文学在当代社会能做些什么"。去年，安德里奇中心颁发给余华"伊沃·安德里奇奖"，以表彰他毕生的成就。

本次与这位伟大的中国作家的采访是在达纳斯媒体的支持下进行的。特别感谢翻译家米尔贾娜·帕夫洛维奇将此次谈话由中文翻译成塞尔维亚语。

达纳斯： 您的青年时代是在"文革"时期度过的，正如《在细雨中呼喊》的主人公一样。这部长篇小说在多大程度上描写了您自己的生活，是否是一种自传？

余 华： 是的，《在细雨中呼喊》里的主要人物可能就是我，他的同学和朋友可能就是我的同学和朋友，而且它符合了一部成长小说的基本特点，但是他不是我，他的同学和朋友也不是我的同学和朋友，因此这不是我的自传。虽然我写下了自己成长过程中的生活和环境，但是里面人物的经历不是我的经历，有意思的是里面人物的感受却是我的感受，所以我认为《在细雨中呼喊》里写下了我感受世界的方式。

达纳斯： 我们应该用什么方式去判断一个人是否很伟大？

余　华： 人们通常用成就去衡量一个人是否伟大，比如塞尔维亚的伊沃·安德里奇和中国的鲁迅；也有不少人认为善良和总是帮助别人的人是伟大的，虽然这样的人很平凡；很多人认为自己的母亲是伟大的，有时候也会是父亲。衡量一个人是否伟大没有统一的标准。

达纳斯： 您小说的主人公的生活一般是很困难的，很悲剧的。描写他们生活的时候，您怎样控制自己的情感？

余　华： 有意思的问题，作家如何在写作时控制自己的情感？就是通过叙述来控制，有时候需要压抑，有时候需要释放，这是叙述的要求，成熟的作家在写作时知道情感在什么时候应该平静，什么时候应该动荡。

达纳斯： 由于您的写作风格很自然、很现实，您将自己看作哪个文学派的代表？

余　华： 20 世纪 80 年代我刚刚开始在中国进行文学创作的时候，支持我的批评家们赞扬我是先锋派，到了 1992

年《活着》出版后，这些批评家很失望，觉得我背叛了先锋派。我当时告诉他们，没有一个作家会为一个文学流派写作，作家只会为自己的内心写作。今天我仍然这样认为。

达纳斯： 不久前，您借用了一位俄罗斯文学评论家别林斯基的话说托尔斯泰小说的主人公都是托尔斯泰。另外，居斯塔夫·福楼拜——《包法利夫人》的作者，也曾经说过："我就是包法利夫人！"您的主人公是否也都是余华？

余　华： 如果单纯从写作的角度来看可以这么说，我写下的人物都是我自己。虽然他们的经历、他们的性格、他们的命运和我的不一样，但是他们的出现，都是在我的想象和情感不断延伸之后出现的，准确地说，是我的虚构世界对我的现实世界的补充。回到上一个问题，一个作家应该为自己的内心写作。内心是什么？ 1980 年代，我刚开始写作时，很喜欢法国作家雨果的诗句：世界上最广阔的是海洋，比海洋还要广阔的是天空，比天空还要广阔的是人的内心。确实如此，写作可以让人发现自己的内心越来越宽广，会发现内心深处拥有无数的他们，这些他们都在期待被你写出来。

达纳斯： 作家是否比其他人更勇敢？您觉得您自己很勇敢吗？

余　华：　作家的勇敢和战士的勇敢不一样，战士的勇敢是在现实世界里表现出来的，作家的勇敢是在虚构世界里表现出来的，作家回到现实世界往往很胆小，而且在现实世界越胆小的作家在虚构世界越勇敢。所以在现实世界里，我不是一个勇敢的人。

达纳斯：　您读过了伊沃·安德里奇的长篇小说。您从他的作品中有没有受到过启发？如果有，在哪些方面？

余　华：　伊沃·安德里奇是史诗叙述的大师，他让我钦佩的是他对于史料的使用，将史料融入小说叙述之中，没有一点史料的痕迹，就是活生生的小说，《德里纳河上的桥》和《特拉夫尼克纪事》是这方面的典范。我是写小说的，知道在小说里使用史料是一件多么困难的事情，要么不到位，要么就过了，把握分寸很不容易，伊沃·安德里奇没有问题，他是这方面的大师，对他来说历史和现实已经融为一体，已经无法分割。

达纳斯：　您对传统如何看待？

余　华：　传统不是固定不变的，是在不断自我革新和自我挑战中前行，创作者，无论是循规蹈矩者，还是放浪形骸者，他们都置身于传统之中，如果有创作者认为自己已经跳出传统走上一条新路，那是他暂时的感觉，最终他发现自己仍然在传统之中，当然他可能参与到了传统的自我革新之中。

达纳斯： 您最喜欢哪些西方的作家？哪些可以说是您的写作榜样？

余　华： 我喜欢的西方作家可以组成一支小小的军队，大约是一个连的编制，连长是陀思妥耶夫斯基，指导员是托尔斯泰——西方读者可能不知道指导员是什么，对于塞尔维亚读者应该没有问题。狄更斯、福楼拜、司汤达、卡夫卡、福克纳、马尔克斯和其他几十个作家都是副连长和副指导员，这个连队里没有士兵，甚至没有班长，最小的也是排长。卡夫卡是我的老师，他教会了我如何自由地去写作，还有福克纳，还有……这个连队里的作家都是我的老师。

达纳斯： 您最喜爱的书是什么？是否常常会去重新读？

余　华： 小说吗？太多了，无法一一列举。

达纳斯： 许多世界上著名的作家又开始创作很长的小说，您觉得今天的读者有时间去读这样的作品，愿意读这样的作品吗？

余　华： 应该有读者愿意去读很长的小说。这样的写作和作家有关，也和题材有关，有些作家一写就很长，有些作家写下的相对短一些，因为题材的原因，写过很长小说的作家会写下短的，而一直写得不长的作家会写出很长的小说。

达纳斯： 两年前您参与过主题为"文化是否能够改变世界"的贝尔格莱德多重旋律国际论坛。您觉得，文化能否改变世界？因为我们彼此之间了解得很少。

余　华：　我相信文化可以改变世界，文化促进交流，不同文
化的交流既是双边的也是多边的，交流会产生相互
吸收相互改变，当然这改变是细水长流，不会是狂
风骤雨，但是改变是必然的，而且会历久弥新。

达纳斯：　最后，您觉得文学对今日时代能够提供一些什么？
您最简短的建议是什么？

余　华：　多样和多元。

2019 年 10 月 24 日

图书在版编目（CIP）数据

我只要写作，就是回家 / 余华著. —济南：山东文
艺出版社，2022.3
ISBN 978-7-5329-6363-8

Ⅰ.①我… Ⅱ.①余… Ⅲ.①随笔—作品集—中国—
当代 Ⅳ.①I267.1

中国版本图书馆CIP数据核字（2021）第051867号

我只要写作，就是回家

余华 著

主管单位	山东出版传媒股份有限公司	
出版发行	山东文艺出版社	
社　址	山东省济南市英雄山路189号	
邮　编	250002	
网　址	www.sdwypress.com	
读者服务	0531-82098776（总编室）	
	0531-82098775（市场营销部）	
电子邮箱	sdwy@sdpress.com.cn	
印　刷	山东新华印务有限公司	
开　本	890毫米×1240毫米　1/32	
印　张	8.25	
字　数	170千	
版　次	2022年3月第1版	
印　次	2023年2月第2次印刷	
书　号	ISBN 978-7-5329-6363-8	
定　价	59.00元	